童門冬二

90歳を生きること

生涯現役の人生学

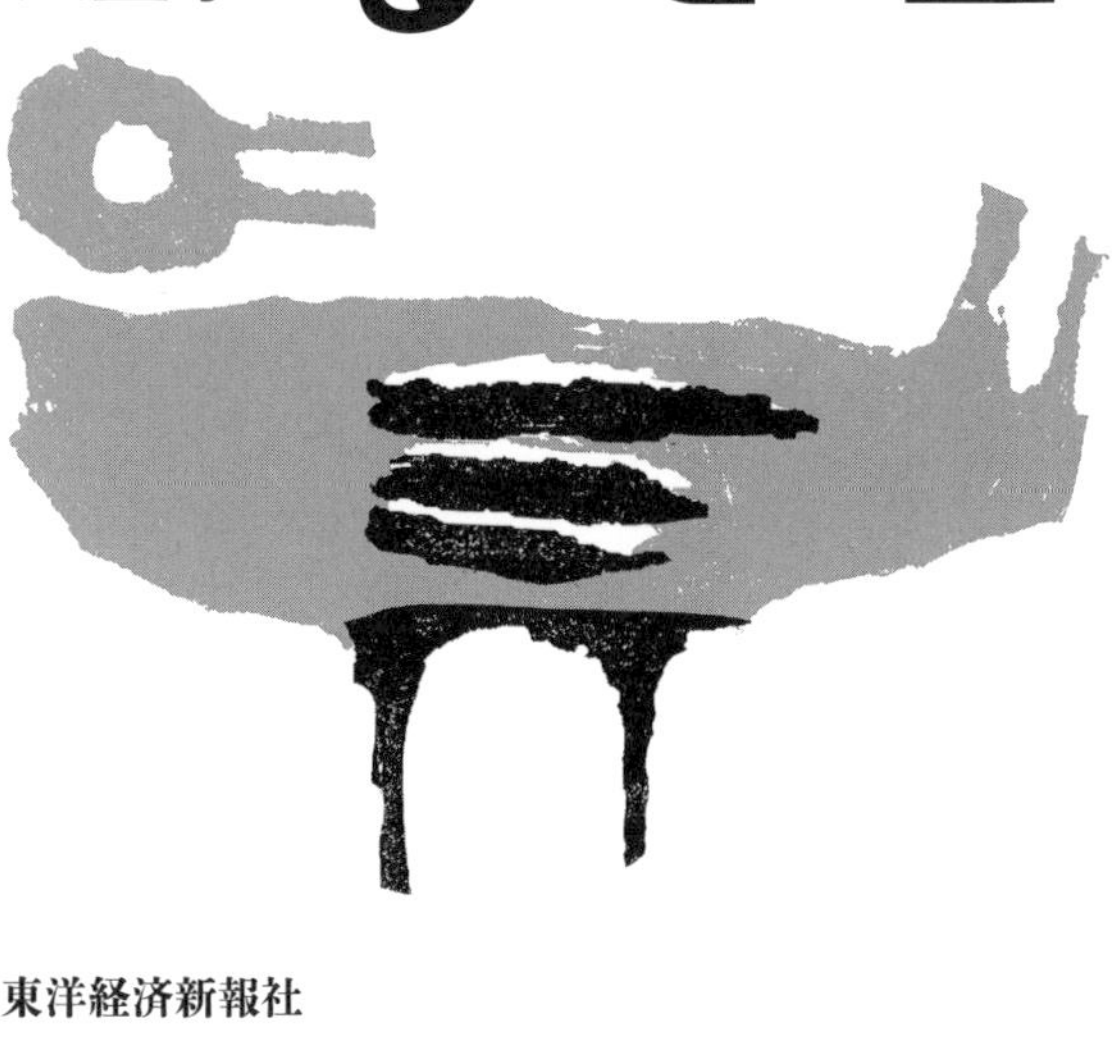

東洋経済新報社

はじめに

孔子《こうし》は74歳で死にました。30歳以後、10年ごとに人間の生き方を設定した孔子は、誠実なその徳に基づいて80歳以後の生き方を提起していません。

90歳になった私がまごついている一つの原因もここにあります。

というのはいままで孔子の設定した年齢別の生き方に、私はかなり支配されてきたからです。

孔子は「吾十有五《われじゅうゆうご》にして学に志し（志学《しがく》）、三十にして立ち（而立《じりつ》）、四十にして惑《まど》はず（不惑《ふわく》）、五十にして天命を知り（知命《ちめい》）、六十にして耳順《みみしたが》ひ（耳順《じじゅん》）、七十にして心の欲する所に従へども、矩《のり》を踰《こ》えず（従心《じゅうしん》）」と言いました。

私の現年齢に一番近い順にさかのぼれば、70歳の「従心」は、「自分の思うとおりに行動しても間違いはない」という意味でしょうか。

しかし私は孔子の真意は、

「その年齢に達していれば、当然そうなっているはずだ」

という前提があり、さらに突っこめば、

「そうなっていなければおかしいぞ」

という指摘があると思います。

それは孔子に、自分が示した15歳からの〝人生計画〟の確実な履行を求め、それが守られているはずだという信頼の気持ちがあるからです。

残念ながら私はこの期待に応《こた》えることができません。

15歳の時に私は小学校の先生になりたいと思っていましたが、戦争のために果たせず海軍の少年飛行兵を志願しました。特攻を希望しましたが果たさぬうちに敗戦になりました。それでも空への夢が消えず民間の航空学校へ通いましたが、高い月謝が払い切れず断念しました。

言ってみれば〝挫折〟続きで、とても志学どころではなかったのです。

東京都庁に入り（はじめは目黒区役所）〝而立〟できないままに不完全燃焼状況で、地方公務員生活を送りました。１９６７（昭和42）年、美濃部亮吉さんが都知事に選ばれ、

「都政の主人は都民です」

と宣言しました。

ちょうど40歳だった私はこの言葉にワクワク（惑惑）し、この気持ちの全都的浸透を自分の職責と信じました（その成果についてはいまは正直に言って疑問に思っています。人間の意識改革は12年程度（美濃部知事の三期にわたる任期）では無理だということです）。

知事と一緒に都庁から退きましたが、その後の生活の方途が立っていたわけではありません。「お待ちしてました」などという媒体はどこにもありませんでした。

ただ辞める前の12年間は、ほとんどマスコミの窓口（カッコウをつければパブリシ

ティ）を務めていましたので、都庁記者クラブの記者さんの中から「何か書けよ」とか、「うちのテレビの歴史番組に出ろよ」と、声をかけてくれる人がありました。このきっかけがいまの私を支えてくれているのです。

したがって〝壇〟といわれる場との縁も薄く、ウサギ年の私は孤独な〝一匹ウサギ（狼といえるほどの力はありません）〟だと思っています。

長くなりましたが何が言いたいかといえば、加齢は人並みにおこなっていますが、孔子の規定する10歳ごとの指標は、ひとつも達成されていないということなのです。

スヌーピーの飼主であるチャーリー・ブラウンが大好きで、彼が空の雲を見上げては「あの雲になりたい」と、自分の夢を形象化する心情がいつまでも去りません。

〝一匹ウサギ〟は勝手な〝生き方原則〟を生みました。

そのひとつが〝起承転々〟です。

〝起承転結〟ではありません。結なしの〝転がりっぱなし〟の人生です。西部劇に出てくる〝タンブルウィード（根無し草）〟です。転がりながら地上のゴミや空気から滋養分を吸収するのです。

それは、「自分以外すべて師だ」と言った吉川英治さん（『宮本武蔵』の作者）から学んだことです。同時に「俺はテメエ（自分）の傷が痛えから、他人《ひと》の傷の痛さもわかるんだ」と主人公（『釣忍』）に言わせる山本周五郎さんに教えられたことでもあります。

ひとりで生きる過程では、二宮金次郎さんの「人間の論理は、天の理に背くこともある」という言葉に、大きな勇気を与えられました。

稲を育てるためには、人間は天の理によって育てられる雑草を引き抜いてその生命を絶ちます。人間の論理は時に非情にならざるを得ないのです。

80歳になった時、私は年賀状や盆暮れのしきたりをやめさせていただきました。一方的なやり方で情的にはいまも悔いがあります。いただいた方には近著や旧著のお返しでお許しを願っています。

「生者が記憶するかぎり、死者は生きている」などと生意気なことを言うのも、恩や義理のある方々へのお墓参りを欠く言い訳かもしれません。

この本はそういう矛盾にみちた90歳の、いつまでたっても悟り切れない、文字どおり〝起承転々〟の〝転〟を生きる、いわば〝転々悶々《てんてんもんもん》〟の呻《うめ》きです。

一言だけつけ加えれば、自虐かもしれませんが、

「呻きの中にも喜びあり」

というのが実感です。

だからこそ90歳になっても、背筋をピンと保って生きているのだと思います。

ちなみに私の場合は、不惑が惑々、知命がいろいろあらーな、耳順がいてもいいだろ、こんな奴、従心が笑って許してのようです。

２０１８年９月

童門冬二

90歳を生きること＊目次

第2章 90歳で仁を知る

第3章

90歳で道を知る

第4章

90歳で誠を知る

第5章　90歳で縁を知る

第1章

90歳で恕を知る

生涯行うべき一文字

講演先でよく色紙を頼まれる。だいたい3～5枚、時には「多くてすみませんが」と20枚くらい頼まれることがある。

色紙の文句。昔は、好きな太宰治《だざいおさむ》の言葉をそのまま書いた。

「かれは人を喜ばせるのが何よりも好きであった！」

長いしキザなので、いまはたった一文字。

「恕」

これはほとんど講演のテーマ（歴史に見る経営術、歴史に見るリーダーシップなど）にかかわりを持つので、会場でも説明する。色紙をもらった人が「何と読むんだ、この字は」と多く眉を寄せると思うので、説明は必須だ。

「じょ」と読む。この言葉は、『論語』巻第八「衛霊公第十五」に出てくる。

子貢《しこう》という弟子が師の孔子《こうし》に聞いた。

「生涯行うべきことを一文字で表せましょうか」

孔子は答えた。

「それは恕だよ」

恕というのは「相手の身になってものを考える優しさや思いやりのこと」である。経営者なら（一般社員も）「客の立場に立って経営すること」だ。これを孟子《もうし》は〝忍びざるの心〟と訳した。「客のニーズは見るに忍びない心のことです」と説明する。

子貢は納得し、諸国遊説のモチーフにこれを掲げた。

この一文字は人間の生活全般に活用できる。

東京都は東京府と東京市が合併して、１９４３（昭和18）年に発足した。このうち東京市は32（昭和7）年にそれまで15区だったのを、５郡82町村を20区にして、合わせて35区になった（戦後、23区に編成替え）。

私が住む目黒区も32年より前は荏原《えばら》郡であり、かなり成長するまでは田畑と森林が多かった。そのため旧15区の住民たちから「本当の東京ってのは、ＪＲ山手線の内だけさ」と威張られた。

地域の歴史がそういういきさつをたどってきたから、旧郡部から区になった所には電柱がたくさん残っている。幹線道路から横道に入ると、車の場合、かなりの運転技術が必要になる。それも双方通行を認めている所が多いから、一方が相当の距離を戻らなければ通れない。この辺は日本のドライバーは偉い。かたくなに頑張る例に出合ったことはない。

先日も私の乗ったタクシーのドライバーは、反対側から車が来ると、道を思い切り戻った。

「メーターには加えませんよ」と冗談めかす。

「偉いね。でもそんな心配しなくていいよ。表示された分はキチンと払うから」

ドライバー氏の美挙《びきょ》に胸を温めた私はそう返す。道を譲られた反対側の車は、クラクションだけでなく、窓から顔を出して大声で礼を言う。これが反対の場合は、私も後部席で相手の車に深く頭を下げる。

が、胸の中では（電柱がなければな）と思う。私の乏しい経験から言えば、先進国の首都で電柱がこれほど多いのは日本だけではないだろうか。すれ違う車が遠くへ去った後、私は思わずそんな思いを口にした。

「2020年のオリンピックまでに電柱を全部地下に埋めてくれないかな」

「そりゃ大変だ。だいいち、カネがかかってしょうがないでしょう」

ドライバー氏が笑って応ずる。

「もちろん東京電力だけじゃできないよ。東京都や区、それに地域住民の協力と負担がなければね」

ドライバー氏はちょっと黙ったが、やがてこんなことを言った。

「お客さんには悪いけど、あたしはこのまんまのほうがいいと思いますよ」

「どうして？」

「こういう地域は、電柱が車の歯止めになっていると思うんです」

「どういうこと？」

「確かに入るほうからすれば、電柱は邪魔《じゃま》です。さっきのようにすれ違う時は、こっちがかなり戻らなければ通れない。でも住んでいる人にすれば、通ってくださいと頼んでいるわけじゃない。むしろ通ってくれないほうが静かだし、子供が飛び出しても安全ですものね」

「……」

私は言葉を失った。ドライバー氏が孔子先生のように見えてきた。さっきの来た道を戻る時の決断、住んでいる人の身になって地域の安心・安全を考える発想。「これはまさしく恕だ」と思った。

ドライバー氏はしかしその後にこう付け加えた。

「そうは言ってもここに住んでいる人も皆車を持ってますからね。世の中複雑だね」

そのとおりだ。しかし複雑な世だからこそ誰からも学べる。私は子貢だった。

井戸水のように生きる

水道水は、夏は生ぬるく、冬は手の切れるような冷たさを感ずる。それに引き換え井戸水は、夏は冷たく、冬は温かく感ずることがある。これは井戸水が恒温を保っているせいだろうか。

人間も同じだ。社会が熱くなったり冷たくなったりするのに合わせて、自分が熱くなったり冷たくなったりする人がいる。そして、ならない人を「なぜ体温を変えないのだ」となじる人さえいる。

私はどんな時代でも体温を変えずに生き抜いている人を、〝井戸水のような人〟あるいは〝恒温の人〟と呼んで尊敬している。

大出《おおで》俊幸《としゆき》さんはその一人だ。京都大学を出た後、日本読書新聞や学芸書林を経て、新人物往来社に入った。すぐに始めたのが「新選組《しんせんぐみ》」に関する連続出版だ。

新選組にはファンやオタクがいて、関係行事があると、「誠」の字を染め抜いた羽《は》織《おり》を着てくる若者がたくさんいる。そういう人々にとって、大出さんはもはや生き仏様だ。

昔の都庁はいまの東京国際フォーラムの所にあり、大出さんの会社は隣の新東京ビルにあった。人見知りをしない人で、未知の私の所も訪ねてきた。

「新選組をどう思いますか」と聞くから、私は「幕末の身分解放集団だと思いますよ。多摩地方の自由民権運動の火付け役ですね」と答えた。

大出さんはうれしそうに笑って「それでいきましょう」と言った。そのことを書け、という意味なのだ。私は書いた。

この考えはいまだに捨てていない。同じころ、長州《ちょうしゅう》藩の高杉晋作《たかすぎしんさく》が「長州奇兵《きへい》隊」を組織しているからだ。あの隊も正兵つまり武士以外の身分の人が主体である。

大出さんは時流に乗りながら時流と一歩距離を置いて生きている。世の中がどんなに熱くなろうと熱くならない。どんなに冷え込もうと冷たくならない。一定の体温を保って生きている。口から出るのは新選組のことだけだ（ちなみに私は「新撰組」と書く。どっちでもいいのだ。好みである）。

その大出さんが、会えば必ず言うことがある。

「読者からの便りには必ず返事を書いてくださいよ。お願いしますね」

切実さに満ちた口調なのだ。私はこの言葉を尊重し、拳拳服膺《けんけんふくよう》し、そして実行している。私の作品にかかわりのない、自分で歴史を調べている時に生じた疑問を聞いてくる人もいる。

忙しい時は「テメエ（自分）で調べろよ」と思うこともある。が、その瞬間「お願いしますね」という大出さんの温顔がまぶたに浮かぶ。そうなると、私のひとり文句もどこかへ消え去る。せっせと調べる。そして答えをファクスで送る。

〝井戸水のような人〟には、なぜかそうさせる野仏《のぼとけ》（お地蔵《じぞう》さん）のようなところがあるのだ。

質問に応えるコツ

「交通や情報伝達システムが違うのに、歴史上の人物の言動が現代にどう役立つのか」

歴史の話をした講演先で、時にこういう質問を受けることがある。私はマトモに受けて立たない。少し身をよじらせて応ずる。

都庁に勤めていた時、議会で何度も議員と質疑応答した。初めての時、議員の質問が見当外れだったのでそのことを正直に指摘した。その議員は面目を失って怒り狂い、会議は中断された。さすがに私も慌てた。正論とは遠い理不尽な不条理《ふじょうり》が、この世界には厳然と存在することを思い知らされたからだ。

先輩が助言してくれた。たとえ相手が誤っていても、それを真っ向から否定しないこと。まず相手の言うことを一応認めること。しかしその承認は8〜9割とし、残りの1〜2割でこっちの言い分をキチンと話すこと。したがってこの方法は高度な技術であり、練られた思考と話術が必要なのだ、と。

なるほどな、議会答弁とは難しいものだな、とひどく考え込んだ。

昔、先輩作家の伊藤桂一《いとうけいいち》さんから「時代物を書くコツ」を教えられたことがある。読者が知らない人物の知らない出来事をいきなり書いてもダメだからといって、知っている人物の知っている出来事を書くのも能がない。いちばんいいのは、知っている人物の知らない出来事を書くこと。この時はその前提として（読者が）知っている出来事についても5割か6割、面倒くさがらずに書くことだという。

小説巧者の桂《けい》さんらしいと感心した。

新人だった私は、わかり切ったことを書くのは読者に対して失礼だと思っていた。始めから終わりまで、自分が発見した〝新しい人物と新しい出来事〟でつづらなければいけないのだと決め込んでいたのだ。

議会を騒がせた私は桂さんの言葉を思い起こした。とにかくこのケースは、私がピシャリと潰してしまった議員の面目を回復することから始めなければならない。それには無念だが謝罪する以外ない。不条理に対する全面的降伏からスタートだ。

私は謝罪した。短絡して質問の趣旨を勘違いしたことにし、しかしその内容は都政にとっても未経験のことなので、今後精力的に研究させていただきたいと締めくくった。一応収まったが、当該議員の私をにらみつける憎悪のまなざしは、いまも脳裏《のうり》に焼き付いている。議員の胸のうちは収まらなかったようだ。

歴史にこういう話がある。江戸初期の老中に松平《まつだいら》信綱《のぶつな》という人物がいた。〝チエ伊豆〞と呼ばれていた。頭の働かせ方が鋭く、それもウイットとユーモアに富んだ対応をしていたからだ。

ある時、江戸で大火があった。川越（埼玉県）城主の信綱は領地で大火の経験があったので、すぐ対策本部を設置した。それも江戸城内ではなく現場にだ。大名が続々と詰めかけた。信綱は非常時なので先着順に席に座らせた。

酒井という大実力者がやってきた。席次にうるさい。どこでもいちばん上席に座らないと承知しない。しかしこの時、空いていたのは入り口近くの末席だけだった。

酒井は怒って帰ろうとした。が、信綱は末席に座ることを求め、笑いながらこう言った。

「たとえ末席であろうと、私たちは酒井様のお座りになる席を、その場での最上席と考えております」

酒井もゴネるのは大人げないと苦笑しながら末席に座った。

だから私は「歴史が現代にどう役立つのか」という質問には、こう答える。

「不便な時代であっただけに、チエだけは絞ったようです」

これも相手を立てながら、1〜2割の範囲で応答している。

黒田官兵衛の腹立てずの会

後期高齢者である私は、多くの人から健康法を聞かれる。

答えの一つとして、誰かが失敗した時に「これは誰がやったんだ！」と犯人探しのわめき声を上げないこと、と告げている。

血圧は上がるし、精神衛生上もよくない。

さらに意味がある。こういう瞬間湯沸かし器（これも言葉としては後期高齢者）的態度を見せると、一挙に信頼を失う。いったん失った信頼は、簡単には回復できない。

黒田官兵衛《くろだかんべえ》（如水《じょすい》）が、こんなことを言っている。

「神仏に対する過失は、祝詞《のりと》やお経《きょう》を上げて謝罪すれば許してもらえるだろう。しかし部下はそういかない。部下を傷付けたら、絶対に許しは得られない。民も同じだ」

厳しい。如水は〝下意上達《かいじょうたつ》〟のために、福岡城内に〝異（意ではなく）見会〟というのを設けた。藩政に関する討論会だが、ヒラの上層部批判も許した。そして上層部には、「どんなに批判されても腹を立てるな、笑顔で応ぜよ」と命じた。

そのためこの会は〝腹立てずの会〟と呼ばれた。

上層部の中には、うわべは笑顔を浮かべているが、その笑いは引きつっており、腹の中は煮えくり返っている者もいた。「よく言うよ、このヤロー。次の人事異動期を楽しみにしていろ。必ずトバしてやる」と、憎悪の言葉をつぶやき続ける上層部が必ずいたのだ。

徳川御三家の筆頭、尾張《おわり》（愛知県）徳川家の始祖《しそ》は家康《いえやす》の九男義直《よしなお》だ。気鋭で気が短かった。部下の失敗には容赦なかった。仮借《かしゃく》なく体罰を加えた。部下は戦々恐々とした。

このうわさを聞いたのが、甥の光圀《みつくに》（水戸家の世子《せいし》。後の黄門様）だ。義直はこの甥をひどくかわいがっていたので、尾張家の重役が、「あなた（光圀）から意見してほしい」と泣きついたのである。

さっそく出掛けていった光圀は、自分のこととして「気持ちを鎮める方法として、謡曲《ようきょく》を学び始めましたが、伯父上はどのようなことをなさっておいでですか」と尋ねた。

義直は「うん、まあな」と言ってその場を切り抜けたが、その日から謡曲をうなり始めた。

甥に一本取られたのだ。以後の義直は名君と言われた。

校閲さんにサムライを見る

いま私が物を書くうえでいちばん緊張するのが、ゲラ（校正刷り）に示される校閲《こうえつ》さんの疑問と指摘だ。

若い編集者の「ＨＰ（ホームページ）にはこう書いてありますが」という申し出には、だいたい反論する。「僕が重く受け止めている資料にはこうあります。もし読者からの疑問等がある場合は、僕のほうで対応しますから、あなたはお忘れください」と資料のコピーを添えて返す。

もちろん「ＨＰの説には応じられない」という意思表示であり、もう一つは若い編集者に対し「安易な検証に頼らずに専門資料も読んでほしい」という、願望の表明でもある。

現在のＨＰの多くは正確で文句の言いようがないのだが、私は私の努力で探索した資料を大切にしたいのだ。もちろんその資料の説が明らかに誤っている時は潔く降参する。

私が緊張するのは「校閲から疑問が出ていますが」という切り出しで、「ではないか？」と疑問符を付け、校閲さんが典拠とする資料を添付された時である。もちろんこっちとしてはまず反論の構えになる。

狭量《きょうりょう》かもしれないが、私は長い間、校閲さんからの指摘を、「物書きとして恥だ」と思ってきた。もちろんこれらのことは、制作の一過程の出来事だから読者には関係ない。しかし私にとってはそういう指摘は、私自身の「不勉強」を指摘されたと受け止めた。

だから指摘の是非を検証する前に、まずカッとなった。屈辱感からだ。青い。

この経過をかなり長く経て、加齢とともに考えが変わってきた。一言で言えば「校閲さんの指摘を楽しみにする。そして学ぶ」という構えに変わってきたのだ。

「それだけ成長したのだ」などとほかから言われるが、そうではない。いまの私は「指摘によって恥をかくところを救われたのだ」と思っている。

編集部の一隅でコツコツと地味な仕事に打ち込んでいる校閲さんの姿が脳裏に浮かぶ。昔は「おのれ！」と思ったこともある存在が、現在は「おぬし、やるな」と孤高の剣客を思わせるような同志的連帯感を感じさせる。

経験ではこういう指摘には全面降伏であり、口ごたえを利いたことは一度もない。「ご指摘のおかげで恥をかかずに済みました。校閲さんにお礼を申し上げてください」と、ゲラに付記する。

読んでニヤリとする孤高の剣客の姿が目に浮かぶ。たまには一緒に酒を飲みたい気分だ。

厄介な優越感

戦国時代の不文律は〝下克上《げこくじょう》〟だった。下が上を超える、下が上に勝つ、というものだ。が、ただやみくもにそれが行われたわけではない。下が上を超える場合は、〝君《きみ》、君たらざれば臣《しん》、臣たらず〟という現象があった。「君、君たらざれば」というのは「主君が主君らしくないならば」という意味で、これには「トップに部下の生活保障ができないならば」ということも含まれる。

この場合、部下の選ぶ道は、仕える主人を替える（転職）か、仕えている主人を追放、極端な場合は殺害するなど。これが下克上だ。

しかし、これが大坂の陣以後の日本国の平和経営には大きな障害になる。特に権力者は困る。そこで下克上否定の考えが取り入れられた。儒教《じゅきょう》（特に朱子学《しゅしがく》）による、

〝国民飼いならし〟だ。

武士に対しては〝君、君たらずといえども、臣は以《もっ》て臣たらざるべからず〟(『孝《こう》経《きょう》』)という、上層部にとって甚《はなは》だ都合のいい考えが設定された。これが浸透し、上でなく下を見る社会になってしまった。優越感や差別が生活習慣にまで進んでしまった。

現在の職場におけるパワーハラスメントなどは、この流れをくむものではないか。私の仕事場にはスタッフが数人いる。雇用形態はアルバイトだ。

かつてその一人が異常に落ち込んだことがある。普段明るく活発なので気になった。何でもありませんと言うが、そんなことはない。執拗に原因を聞いた。

私への講演依頼で電話でのやり取りがあった。相手が途中でこっちの名前や立場を聞くから正直に答えた。途端、相手の態度がガラリと変わった。バイトと聞いて威圧的になり、「おいおまえ」となった。侮辱《ぶじょく》的言葉も加えた。「悔《くや》しくて」とスタッフは涙をこぼした。

これは私にとってもないがしろにできないケーススタディだ。私はすぐ今後の対策を考え、スタッフ全員に話した。

・今後「おタクの立場（地位）は」と聞かれたら、全員「娘です」と答えること。バイトです、とは絶対に言わないこと。

・そのためには、自然にその答えが口から出るように、スタッフそれぞれがそう思い込むこと。

・そう思い込むために、仕事場で私のことを「お父さん」と呼ぶこと。

意外なことにこの提案はスッと受け入れられた。というのは、スタッフの一人が泣かされたパワハラ事件がなくても、スタッフたちは仕事場で私のことを何と呼べばいいのか、戸惑っていたからだ。

スタッフ以外でも多くの人は「センセイ」と呼ぶ。初めのころはテレてムキになって否定していたが、キリがなく効果もないので、このごろは「まあかなり先に生まれたので甘受するか」と思っている。相手だって慣習でそう呼ぶだけで、別に尊敬しているわけではない。

仕事場での「お父さん」は抵抗なく自然に実行された。スタッフの年齢も私からすれば孫のようなものなので、私のほうもまったく違和感はない。私もお父さんと呼ばれれば、ハイヨと滑らかに応じている。

となると、スタッフを泣かせたパワハラ君の言動は、わが仕事場における「慣習改革」の一助の役割を果たしたことになる。

「他組織のヤローがうちのバイトに威張ったって、誰もエラいとは思わねーぞ」

私も話を聞いた時は、電話に向かってそんな悪態をついたが、当人の受けた心の傷は別にして、わが仕事場は別の面での果実を得た。とはいうものの〝優越感〟は実に厄介な代物だ。

街中の殿様行列

「下に、下に」というのは、江戸時代の殿様行列《とのさまぎょうれつ》で、先触れが行列前方にいる庶民を道の両側に平伏《へいふく》させた〝パワハラ〟行為だ。庶民はその権威に圧されて、不承《ふしょう》不承《ぶしょう》その声に従うしかなかった。いまでもこの「下に、下に」をやる者が二人いる。

一人は、自転車を疾走《しっそう》させるお母さん。特に、子供を乗せた自転車だ。

それも、前と後ろに二人乗せると、これは全力疾走させなければバランスが保てない。だから、ペダルを踏むお母さんの形相はすさまじい。前方の一点に視点を置き、左右は目に入らない。その努力とパワーの結集には胸を打たれるが、だからといってそのまま容認はできない。迷惑なのだ。

ことに、買い物客でにぎわう商店街でこれをやられたり、細い横道から突然車の前に飛び出してきたりされると、考えもしなかった事故が起こる。

それを避けるために、通行人は脇によけるし、車は急停止する。たとえ飛び出してきた自転車が悪くても、これを転倒させたり、まして落ちた子供がケガでもすれば、非は車に移り「前方不注意」ということになるだろう。

もちろん根本策は、道路に「自転車専用道路」がない現状を改善することだが、いまの道路にはそのスペースがない。専用道路ができれば、乗り手同士がぶつかって、「そっちが悪いのよ!」といがみ合えば済む。

私が最も我慢《がまん》ならないのは、高架化した線路の下にある駅構内を、乗ったまま通過する自転車だ（これはお母さんに限らない）。

私はすでに後期高齢者だから、こういうのを見掛けると、「ここは道路じゃないよ」と声をかける。ほとんど無視される。体当たりしてひっくり返してやろうかと思うが、「刺されでもしたらばかばかしいよ」と、周りに止められてあきらめる。

しかし、不完全燃焼の憤《いきどお》りはくすぶり、「駅もよく黙ってるな」と、矛先はそっちに向く。が、時に「駅のガード下も道路なのかな」と思ったりする。

もう一人の「下に、下に」。駅や空港の中を引きずって歩く荷物箱の持ち主。何度も同じ目に遭っているが、持ち主（引きずり手）の突然の方向転換（主にUターン）や、横からの割り込みに遭うと、あの箱をぶつけられてしばらく痛みをかみしめる。文句を言おうと思っても、衝撃と痛みでとっさに声が出ないのだ。

あの打撃は、両者の心理的要因が影響している。箱を引きずると、私も経験があるが気持ちが投げやりになる。不遜《ふそん》にさえなる。つまり、引きずるほうの立場では、ある部分の自己解放が行われる。

これが周囲への心配りを怠らせる。流行語を使えば、周りへの〝おもてなし〟の気持ちを失わせる。だから、箱は主人に仕える従者《じゅうしゃ》（お供）となって、主人が方向転換すれば忠実に振り回され、邪魔者（多くは通行人）がいれば全力を挙げてアタックする。

一方、不思議なのは、ぶつけられたほうのあきらめのよさだ。これは箱を引きずっているほうの〝投げやり的傲慢《ごうまん》の精神〟に敗北するからだ。箱の引きずり手は、新出現の〝権力者〟なのだ。したがって、他人に箱をぶつけるのは、公共社会における〝パワハラ〟と言っていい。

そう考えると、もう一人の「下に、下に」である〝疾走自転車〟の乗り手のお母さんも、権力者に見えてくる。だから簡単に逆らえないのかな、ゴマメの歯ぎしりしかできないのかなと悲しくなる。

でも決してこのままでいいはずがない。

命懸けの勇気がいるが、やっぱり気のついた人が、こういう傍若《ぼうじゃく》無人《ぶじん》なパワハラには、注意の言葉を発するべきだろう。

ゴキブリ一つ殺せない

一編の小説が、若いころから私の行動を規制している。この小説のために、私はいまだにゴキブリ一つ殺せない。その小説というのは、芥川龍之介《あくたがわりゅうのすけ》の『蜘蛛《くも》の糸』だ。

あらすじをまとめると、

・ある日、お釈迦様《しゃかさま》が極楽《ごくらく》の蓮池《はすいけ》の縁《ふち》を散歩なさった。
・池の底は地獄につながっていて、多くの罪人がうごめいていた。
・お釈迦様はその群れの中に、カンダタ（犍陀多《かんだた》）という男を発見する。
・カンダタは生前、悪事ばかり働いていたが、たった一つよいことをした。
・それは、林の中で小さな蜘蛛を踏み潰さなかったことである。

・お釈迦様はカンダタを地獄から救ってやろうと思い、蜘蛛の糸を一本、池の中に垂らしてやる。
・蜘蛛の糸に気づいたカンダタは夢中で糸に飛びつき、せっせと上り始める。
・ある所まで来て、カンダタは下を見る。愕然《がくぜん》とする。罪人たちがアリのように自分に続いて、懸命に糸をたどってくるのだ。
・カンダタは下に向かって怒鳴る。「下りろ！　この糸は俺のものだ！」
・途端、蜘蛛の糸は切れ、カンダタははじめ罪人たちは地獄に落下していく。お釈迦様は悲しむ。

『杜子春《とししゅん》』とともに、多くの人が読んだと思うが、私がゴキブリを殺さないのは、やはり死後は初めから極楽に行きたいからだ。

たとえすぐ切れるとわかっていても、目の前に糸が下りてくれれば、これにすがりたいというのは人情だ。日本のことわざにある「ワラにもすがりたい」というのも同じ意味だろう。

では、自分に続いて蜘蛛の糸をたどってくる罪人の群れに気づいた時、カンダタはどうすればよかったのだろう。つまり、どう対応すればお釈迦様のお気に召し、地獄から助けてもらえたのだろうか。

いろいろなことを考えてみた。自分をカンダタの立場に置いてである。

・後続の群れを見て、もちろんギョッとするが、不安の心を静めて気づかぬふりをして上り続ける。
・下を振り向いて「やあ、みんなご苦労。お互いにガンバロー」と、心にもない励ましの言葉を投げる。

「おまえならどうする?」

私はいつも自身に問い続けてきた。そのたびに得る結論は、「やっぱりカンダタと同じように怒鳴るだろうな」ということだ。

組織に身を置いていたころ、この小説の寓意《ぐうい》はいつも私に付きまとった。しかし、結果として私は蜘蛛の糸をたどって、極楽に救い出された（かなり出世した）。それは、私が後続部隊に対して、にこやかに笑いながら（引きつった作り笑いではなく）、「全員欠けることなく、上り切ろう」と督励《とくれい》の言葉をかけ続けたからである。

あれは本心だったのだろうかと、折に触れて振り返る。が、振り返っても遠い昔のことだ。いまは「お釈迦様だけがご存じだ」と思うほかはない。

ただ私は、幼い時から小動物が好きで、いまでも「人間はどうあれ、とにかく飛びついてくるのは、ネコと子犬と赤ん坊（これは人間）」という定評を保っている。グズる赤ん坊も、私が手を出せばすぐに抱きついて笑うし、他人に吠《ほ》えかかるイヌも、私を見れば必ず尻尾《しっぽ》を振る。これは禅《ぜん》の心得《こころえ》で、恐怖も好意も一切の感情を捨て去って、対象に無心で近寄っていくからだと私は思っている。

蜘蛛の糸をたどるカンダタも、無心であるべきだったのだと思う。

サンゴの長い旅

沖縄の海は美しい。雨が降っても海面の色は碧《あお》い。

先日、宮古島に行った。沖縄は、本島はじめ、石垣島や宮古島などの離島にも、〝美しいうえに美しい〟場所がある。砂浜だ。青松《せいしょう》はある所とない所があるが、白砂《はくしゃ》は文字どおりの白砂で、この世ならぬものがある。

宮古島には少なくとも4カ所美しい砂浜がある。その一つに尻を下ろしていると、人見知りをしない土地の人が話しかけてきた。

「どこから来たね？」と聞くから「東京だ」と答えた。「何しに来たね？」と聞くから「東京で吸い込んだ毒を吐き出しに来た」と応じた。

その人はハハハと笑い、「あんたが座っている砂はね、サンゴの粒だよ」と説明を始めた。「サンゴ?」私はびっくりした。考えもしなかった。説明は続く。

・海底のサンゴを魚がつつく。
・魚の腹中で消化されたサンゴは、粒子状になって魚の体内から海中に排出される。
・それが波に乗って浜にたどり着く。
・また、海底の潮流で削られたサンゴの破片がさらに細分化し、粒となって波に運ばれ、浜にたどり着く。

「じゃあ、この砂は全部サンゴ?」

私はあきれ声を立てた。

土地の人は「そうだよ」とうなずく。「いったい、どのくらいの時間でこんな白浜に?」と聞くと、土地の人は「何億年だろうね」と無雑作《むぞうさ》に告げた。

「何億年?」と胸の中で繰り返しながら、私はいよいよあきれる。そして突然、言いようのない解放感に襲われ、東京から運んできた、胸を押し潰す不快感から解き放たれた。

「何億年？」

土地の人に聞き返しながら、あらためて白く続く美しい砂浜を見直した。一粒一粒の砂が、何億年もの時間を旅して私の目の前に広がっていると思うと、その悠久《ゆうきゅう》さが光景としてよりも、理解を超えた観念として私に迫ってくる。すべてのことが「ちいせえ（小さい）、ちいせえ」と思える。

「何億年か」

つぶやきに変わった私の慨嘆《がいたん》を、土地の人は無意にうなずいて聞き流した。

「それで沖縄の人は長命なんだ」

私の言葉に土地の人は笑ってうなずいた。

私と沖縄の付き合いは、沖縄の日本返還の日に始まる。返還記念式典の日（1972年5月15日）、東京都知事・美濃部《みのべ》亮吉《りょうきち》さんの秘書だった私は、招かれた知事のお供をして那覇に行った。往路はパスポートがいった。返還の前日なので、沖縄はまだ外国だった。雨が降っていた。那覇ではハイビスカスの花が雨にぬれていた。私の目には、沖縄が泣いていると映った。

式典後、屋良朝苗《やらちょうびょう》・沖縄県知事が島内を案内してくださった。ひめゆりの塔に行った時、屋良さんはある洞窟《どうくつ》の前で「うちの娘もその中にいるんですよ」と言われた。その言葉は忘れられない。沖縄は、市民が武器を持って、実際に米兵と市街戦を展開した土地だ。本土の防衛線になってくれた。この時から、沖縄は私にとって重い存在となった。時間とカネに余裕ができると、必ず出掛けていく。

私は、暮らしの中で〝自分だけの三畳間〟を持っている。キレそうになった時、そこに飛び込むことによってわれを取り戻し、癒《い》やしを得る場のことで、これは何も住居に限らない。街の通りでも、電車の中でも、居酒屋でも、長野県のワサビ田でも随所《ずいしょ》にある。しかし、宮古島のサンゴの砂浜ほど、雄大ではるかなものには、どの三畳間も及ばない。

人には言えないこと

川島雄三《かわしまゆうぞう》さんの監督映画『花影《かえい》』の中で、女性主人公が次のようなことを言ったのを覚えている。

「男の人には〝品性の人〟と〝品行の人〟とがある。品性の人は品行が悪くてもいいけど、品性の悪い人はどんなに品行がよくても嫌だわ」

映画を見た時は思わず「そのとおりだ！」と共鳴した。そしてこのせりふはずっと私の胸の中にある。

だからといって私は会う人をすべてこのモノサシで区分しているわけではない。というより、年を取るに従ってこの区分がよくわからなくなってきたのだ。

この女主人公の区分によると、品行のほうは〝善しあし〟で分けているが、品性のほうはそうではない。「品性はすべて善である」と決め付けている気がする。

品性にも善しあしの判断を要するのではなかろうか。あるいは私が映画を見た時も、女主人公は「品性がよければ品行が悪くても許せる」と言ったのかもしれない。でもそうなると余計、品性と品行の関係が麻糸《あさいと》のように絡《から》んで、結局はこのせりふの意味が何が何だかわからなくなってしまう。

そこで私は近ごろ「品性のよさ・悪さ」で会う人を区分している。しかし「この人は品性が悪い」と思ったからといって絶交するわけではない。依然として付き合いは続ける。ただ心の中では「まったくおめえ（まえ）は品性が悪いな」と相手の顔を見ながら心の中でつぶやいている。私自身、自分の品性・品行について判断したことがないからだ。おこがましくて他人のことなんか言えない。

字引きを引いてみた。品性は「道徳的な面から見たその人の性質」とある。品行は「道徳的な面から見たその人の行い」とあった。「何だ」とちょっとがっかりした。映画の女主人公も〝道徳的〟に男を分類していたのかとつまらなくなった。

私は人間がホトケやカミではなくニンゲンであるゆえんは、一人の体の中に善と悪が同居していることだと思っている。

悪の中には犯罪的なものではなく、自分自身でも恥ずかしいとか、考えるだけでもみっともないと思うようなことがたくさん含まれている。品という言葉を使えば、相手から「品がない」とか「下品だぞ」とたちまちひんしゅくを買うような要素を誰もが持っている。恥《はじ》を知る人は隠したがる。

それをわざわざ人前で暴露《ばくろ》する人間はフーテンの寅さんの言う「それを言っちゃあおしまいよ」の〝おしまい〟を知らない。言っていいことと言ってはいけないことのケジメを知らないのだ。知らないというよりケジメを持っていない。暴露して相手を縮こまらせて一本取ったと勝利感に浸るのだ。

しかしこんなことに私はなぜここまでムキになるのか。

悲しいことがある。それは私自身の中に、人前にさらされたらそれこそ身の置きどころもないようなことがいっぱいあるからだ。私は品性が悪いのかな。

スティング

好きなイギリスのロック歌手、スティングが来日した。

スティングについては古い思い出がある。かなり前に、彼の作曲過程を記録するドキュメンタリー映画が上映された。オタク物なので上映館が限られた。『ぴあ』で探して多摩方面の小屋（映画館）へ見に行った。

入り口の切符売り場で引っ掛かった。

「あの、スティングですけど、よろしいですか」と売り子さんが聞く。

「いいですよ」

意味がわからないのでそう応ずる。売り子さんはさらに聞いてくる。

「ロバート・レッドフォードもポール・ニューマンも出ていませんけど、よろしいですか？」

これでわかった。売り子さんは、窓越しに私の年齢を推し量り、もう一本の『スティング』と勘違いして私がやって来た、と思い込んでいるのだ。

売り子さんの言うのは、確かにレッドフォードとニューマン、さらに作家のロバート・ショウ（『007／ロシアより愛をこめて』の悪役。『バルジ大作戦』のドイツ軍将校役など）が加わった、喜劇《きげき》の傑作《けっさく》を指しているのだ。この高齢でスティングなんか知るはずがない、という前提が、彼女のキメつけの原因だ。

こういう不条理な誤解は初めてではないので、私は〝恕の精神（相手の立場に立て、という孔子の教え）〟を発揮して、腹の虫を抑え込む。

いまはとにかく、スティングを見たい。こう告げる。

「この映画はイギリスのロック歌手のものでしょ」

「あ、ご存じならいいンです」

売り子さんは切符を売ってくれた。腹の虫はまだブツブツ言っていたが、映画の迫力に圧倒されて、たちまち黙り込んだ。

スティングは古城《こじょう》を借りて新曲を作り出す。バンドの仲間と泊まり込みだ。雰囲気作りがゴージャスで、すごくカネをかける。その代わり興《きょう》に至ると深夜でも未明でも仕事をする。いま何時かの時の観念がない。

感動的なシーンがあった。作曲作業中に奥さんが彼の赤ん坊を産んだ。

「新しい生命がこの世に出現するほど感動的な出来事はない」と言う彼は、「しかもその出来事が僕自身のことであれば、これに立ち会わない手はない」と、作業を中断し病院に駆け付ける。そして白い手術着を借りて妻のお産に立ち会う。

私は、女性が「愛する人に必ずいてほしい」と願う時の一つに、お産があると思っている。スティングもそのことはよく知っていた。自分の子が妻の中から頭を出して、完全に出てくるまで、彼はしっかりと目を開いて凝視していた。

私だけではなく、観客のすべてが感動し、若い人の中にはすすり泣く人もいた。私は若い人から「あなたは若者の気持ちを完全に理解しているとは言えない。でも理解しようと努力していることは認める」と言われる。この日はまさに若者たちと〝感動〟を共有した、という実感がある。

私が戦争を嫌うのは、「いてほしいと思い合う愛する者同士」を、戦争は引き裂いてしまうからだ。こんな理不尽なことはない。

このスティングのドキュメンタリー映画『ブリング・オン・ザ・ナイト』における新生児の誕生風景は実写だ。この圧倒的な訴えは、映倫の委員さん方にも何も言えないメッセージを与えたに違いない。そして観客と同じ〝真実の涙〟を流したに違いないのだ。

スティングの声はどちらかと言えば、ソフトでしかも高い。しかし歌う時の表情は鋭く、特に目の光は鷹のように見る者に立ち向かってくる。それはまるで決闘を挑んでいるかのようだ。

来日した彼は、自分の赤ん坊の誕生を凝視していた、あの時の鷹の目と同じ光をみなぎらせていた。

中華料理屋のトイレ

中世、社会の底辺に位置づけられた、大工・左官・石工・庭師などモノ作りや芸能人の中には、「阿弥《あみ》」と名乗る人がたくさんいた。阿弥とは〝阿弥陀仏《あみだぶつ》〟のことだ。名乗る人びとは「私は仏だ」という誇示《こじ》よりも、「互いの仏性（仏の慈愛心《じあいしん》）を示し合おう」という、底辺民衆の協同活動だと理解している。

相手の立場に立ってものを考える優しさと思いやりについては、孔子が〝恕〟という言葉で示しており、阿弥の精神に通ずる。そのため誰もがその徳を認める人物は〝聖《ひじり》〟といって敬愛された。

この聖はいまもいる。それも身近にいる。仕事場近くに小さな中華料理店がある。年間1日とて〝休肝日〟を設けない私は、毎夕近くの店に出掛けていく。この店も巡回コースに入っている。

シェフの作る麻婆豆腐がうまい。先日路上でこのシェフに会った。

「仕込みかい？」と聞くと、いやと首を振る。

「何をしてるの？」

「トイレです」

「え？」

「そこのトイレに行きました」

彼の指す「そこ」には公設トイレがある。私もときどき利用する。「もう一歩前に」

「このトイレは皆さんのものです。きれいに使いましょう」という注意書きが張ってある。私はこの戒《いまし》めを守って、1歩でなく3歩前に出て、便器に抱きつく姿勢になる。

しかし、私は言った。

「トイレは店にもあるだろ」

それに対しシェフの答え。

「ええ。でも店のトイレはお客様のものですから」

私は圧倒された。お客さんがトイレに入ろうとする時に、従業員が入っていたら申し訳ない、というのがこのシェフの考えなのだ。まさに阿弥の精神であり、恕の心の実践だ。

ちょうど、地元、東京都目黒区の名刺交換会があったので、名誉区民としてのあいさつでこの話をした。そして孔子の恕と結び付けた。かなり受けた。13人いる外国大使の中の3人ほどが私の席に来て、「あの話はよかった」と褒めてくれた。

そして「この区になぜ大使館を置いているのか」という私の問いに、治安がいいこと、先ほどの話のような温かい住民が大勢いること、とその理由を答えてくれた。

思わずその大使の手を握り、礼を言った。「アイ・アム・グラッド・ツウ・シー・ユー」と、胸の箱の中から突然ホコリだらけの横文字が飛び出した。

大使は店の名と所在地を教えてほしいと言う。所在地は示せたが店の名は知らない。というのは、店主はすぐ脇でもう1店、「暇《ひま》を売る店」という名のおしゃべりの店を開く映画プロデューサーだ。中華料理店のほうも、らしくない店名なので覚えられない。かつてレコード会社に勤めていた奥さんの、鮮やかな2店切り盛りで好きな仕事に専念できている。

ダンナは、稼ぎが悪い、と夜ほうきで追い回されることがあると言うが、私にとってはうらやましいカップルであり、また〝町の聖〟なのだ。だから食いに来るのではなく、しゃべりに来る客が多い。夫婦はそれをうれしがって自分たちも参加する。

昔、ある社会学者が書いた本に、ヨーロッパの広場の意味が説明されていた。ヨーロッパの広場は、多くが3面を建物で囲み1面を出入り口として空けてある。ベンチが置かれている。「昔の人々にとって、広場は自分たちの問題を討議し合う会議場だった。天井は空である」というような文章だった。

以来、私はそこの住民がそう思おうが思うまいが、日本国内でも広場を見ると、そう受け止めている。中華料理店は屋根のある広場なのだ。集まる客は、時に〝聖〟になり、すぐまた〝凡人《ぼんじん》〟になる変化を繰り返している。

陽の当たるほうへ

「黙っていれば名を呼び、追えば逃げる」

太宰治が女性について漏《も》らした感慨だ。

至言《しげん》である。この言葉は私の仕事についても当てはまる。依頼が絶えた時に、いくらバタバタしても駄目《だめ》だ。物乞いのような生き方は恥ずかしい。耐《た》えがたきを耐え、忍《しの》びがたきを忍ばなければならない時期が、この商売には必ずある。

私は自称〝ダザイスト〟だ。かつてある詩人が唱えた芸術運動のダダイストではない。終戦直後、私はグレていて、ブラックマーケットである闇市《やみいち》から闇市を渡り歩いては、安酒とデン助賭博《とばく》（安易なばくち）に明け暮れていた。

1947（昭和22）年の初夏、書店の店頭で『新潮』という雑誌を手に取った。大きな蝶《ちょう》が表紙で、冒頭の小説が太宰の『斜陽《しゃよう》』だった。完全な巡り合いだ。プラトンの言う「二つに割れた1本の骨が、後世どこかで巡り合う」という出会いを感じた。プラトンは男女の愛について述べたのだが、私は『斜陽』についてまったく同じ感を持った。

しかし翌年の6月13日、太宰は愛人と玉川上水に飛び込んだ。当時の玉川上水は激流で、下方がえぐられ川底が広がっていた。そのため二人の遺体はすぐ発見されず、約1週間後に引き揚げられた。6月19日のことだ。関係者はこの日を太宰の忌日《きにち》とし、「桜桃忌《おうとうき》」と名付けた。

墓のある東京都三鷹市の禅林寺《ぜんりんじ》で毎年行事が行われる。私も最初のころは小まめに参加した。しかしある年、参列者が太宰の墓に詣《もう》でた時、マスコミの写真に入ろうとする若者たちが、向かいの墓の台石《だいいし》に泥靴《どろぐつ》で乗った。向かいの墓は「森林太郎墓」だ。すなわち森鷗外《もりおうがい》の墓だ。太宰は彼を尊敬していたに違いない。

私は腹を立てた。世話人に文句を言った。が、真剣に対応してくれなかった。以後、私はその催《もよお》しから遠ざかった。

そしてこの日には仕事場近くの飲み屋で、〝たったひとりの桜桃忌〟を営むことにした。いまも続けている。

いつだったか、このことを知った太宰の遺児《いじ》で作家である太田治子《おおたはるこ》さんが、「私も交《ま》ぜて」と参加してくれたことがある。

太宰は90歳になる私にいまだに取りついている。まさにメフィストフェレスだ。悪魔だ。いや善魔かも。悪魔はデーモン、漢字にすると泥門。これでは詩情がうせるので、童門にした。私のペンネームの由来だ。人から聞かれた時は面倒なので、「ろくなことをしないから、ドーモスイマセンの意味です」と応じている。

さてじっと黙っていたら、青森県つがる市から声がかかった。

「太宰の話をしてほしい。タイトルは『伸びて行く方向に陽が当たる』で」

私の太宰のとらえ方をよくわかっている注文だ。うれしい。私は太宰の反社会的行動や暗い面には目を向けない。向日性《こうじつせい》の面だけを生きるうえでの糧《かて》としている。

「微笑《びしょう》もて正義《せいぎ》を為《な》せ！」

彼は何よりも人を喜ばせるのが好きだった。

そして、伸びて行く方向に陽が当たると信ずる彼は、私の心の師、山本周五郎《やまもとしゅうごろう》の言う「俺はテメエの傷が痛えから、他人の傷の痛さもわかるんだ」（『釣忍《つりしのぶ》』）という、悲しみの正確な理解者だった。

血液型B型の私はかつぎ屋だ。占いにけっこう左右される。今朝のテレビの星占い。私の星座はてんびん座。「北から幸福の風が吹いてきます。辛抱の甲斐がありました」だってさ。

第2章

90歳で仁を知る

下着とボタンと私

風呂から出て下着を着るのに手や足が引っ掛かる。ワイシャツの袖《そで》のボタンをはめるのに20分かかる。いずれも意思を離れて体の動きが鈍くなったためだ。

特に指の神経が鈍化した。が、焦らない。自分に怒りもしないし、情けないと思うこともしない。「いろいろあらあな」とつぶやく。感情的になるよりも目前の窮境《きゅうきょう》からいかに脱出するかのほうが先決だ。

下着のシャツは、首と手の協力でどうにか身に着けた。問題は下穿《したば》きだ。何度試みても足元が引っ掛かり、からまって穿《は》けない。壁に寄りかかってしばらく考える。「よし」とあることを考えついて実験する。

まず、片足を床にたたきつける。その反動を利用して跳び上がらせ、一挙に落下させる。その勢いでからまっていた下穿きの障壁を突破する。足は見事に下穿きを貫通し、床に着地した。気をよくしてもう一方の足も同じことをする。これも成功。

ワイシャツのボタンはそうはいかない。何度も同じ作業を繰り返す。ボタンを穴に通すだけなのだが、穴とボタンの気が合わず互いにそっぽを向いている。これを同じ場所に引っ張ってくるのに苦労しているのだ。

焦らない。徳川家康の遺訓《いくん》をお題目のように唱える。

「人の一生は重き荷を負いて遠き道を行くがごとし。必ず急ぐべからず」

「必ず」をこんなところに使ったのは家康だけだろう。

私は物事を進めるのに〝同時進行〟を重んずる。ボタンと格闘しながら行うのは、その日の仕事のプライオリティを考えることだ。原則的には、先延ばししたいこと、嫌な仕事、難しい仕事などから真っ先に手を付けるようにしている。ところが、ボタンと付き合っているうちに考えが変わってくる。先延ばししたいことは先に延ばし、嫌な仕事と難しい仕事は今日はやめておこうという気になってくる。

さて、やっとの思いでボタンがはまっても、それで決着したわけではない。落語から学んだことだが、私は〝堪忍袋《かんにんぶくろ》〟を持っている。落語の主人公も堪忍袋を持っていて、日常生活で起こる、自身にとっての理不尽《りふじん》や、不条理と思える出来事への怒り・憤懣《ふんまん》・泣き言のすべてをこの堪忍袋の中に吹き込む。そうさせた相手や原因には決してたたきつけない。むしろ原因になった対象には、ニッコリ笑ったりする。良好な人間関係を継続させるためである。

私の場合は違う。「言ったって仕様がねえ」という諦観《ていかん》が先に立つからだ。しかしだからといってさんざん手数をかけたボタンをそのまま捨てておかない。自分の堪忍袋に口を極めてののしりの言葉を吹き込む。

「おいボタンの野郎、つけ上がりやがって。あまりいい気になるなよ。いったい何年の間、面倒を見てきてやったというんだ。今日のようなまねができる立場かよ。恩知《おんし》らずめ。今度やったら承知しねえぞ」

しかしボタンが今度やっても、私には何もできない。後期高齢者ってつらいなあ。

たった二人の池田屋騒動

無理をしたわけではないが、奈良での講演から戻るとぶっ倒れた。クリニックの院長さんの見立てでは「脱水症状」と「前立腺肥大」。「手術でなく薬で癒やす方法を考えましょう」明るくそう告げる。医療技術の発展とともに医師の人格的成長も目覚《めざ》ましい。やはりお医者さんは聖職だとあらためて感じた。

しかし尿道に管を通された時は痛かった。すでに死んだ多くの知人たちから「あんなイテエ（痛い）ことはない」と聞いていたから、その思いだけはしたくないと避けたかったのだが、優しい院長も有無を言わせない。アーもスーもないうちにズブリときた。痛いと思った時にはすでに処置が終わっていた。

深夜、テレビでBS放送を見ていたら、『蒲田行進曲』が放映されていた。見ていて驚いた。実に新鮮な発見をしたのだ。

発見とは、「新選組の名を高めた池田屋騒動はたった二人で成立する」という事実だ。具体的には、襲った側は風間杜夫《かざまもりお》さん演ずる土方歳三《ひじかたとしぞう》(新選組副長)一人で間に合い、襲われた側は平田満《ひらたみつる》さんが演ずる浪士一人で間に合うということなのである。

この映画の劇中劇を演出する蟹江敬三《かにえけいぞう》さんのキビキビとした監督ぶりが大好きで、蟹江さんが「本番参ります。キャメラさんOK? 照明さんOK?」とメガホンでそれぞれの部署へ確認を取るシーンは、根っからのカツキチ(活動狂。映画好き)である私の血を沸かせる。サミュエル・ウルマンの詩『青春』を借りるなら「映画好きはいつも青春なのだ」ということになる。

長い時間待たされた末に斬《き》られて階段を転げ落ちるだけの大部屋俳優のワンシーンを撮るために、ブツクサ言うスタッフを押さえ込み、気色ばむ経営陣を鎮《しず》める監督の姿には、これから大ケガをする大部屋俳優への限りない同情と愛情がある。つまり、活動屋ならではのスピリットがみなぎっているのだ。

補足的に書けば、スターの銀ちゃんに捨てられ、大部屋俳優の正妻に押し付けられた落ち目の女優を演ずる松坂慶子《まつざかけいこ》さんのスッピンの美しさは、見る人の目からウロコを落とす。雪の中を身重の身で撮影所に向かって歩む彼女が、胎内《たいない》の子に「生まれたいか？　もう少し我慢しな」と言い聞かせる姿はまさにマリアだ。

「本番スタート！」

監督のゴーサインと同時に、スピード感を持って撮影は進み、土方に斬られた浪士は一挙に大階段を転がり落ちる。この後の土方の対応がすばらしい。

公的な撮影は終わっている。撮るとすれば私的な撮影だ。それを土方は強要する。

「撮らねえとテメエたち承知しねえぞ！」

スターとしての権威を全部投げ出す。そして志士《しし》に「どうした！　おめえだって勤王《きんのう》の志を抱いた志士だろう。志士ならここまで上ってこい！　来てみろ！」ととてつもない無理難題をふっかける。

それまでじっとしていた浪士が、この時ニッコリ笑って土方を見上げ、ひとこと言う。

「銀ちゃん、カッコいい」

そして再び階段を転がり落ちていく。

普通、池田屋騒動と言えば佐幕派の浪人集団新選組と尊皇派の志士集団、つまり「集団対集団の激闘」と考えられている。しかしこの映画で深作欣二《ふかさくきんじ》監督は、土方対〝階段落ち志士〟という「個人対個人の闘い」に凝縮した。しかもその2人の背後に新選組と志士集団の存在をはっきり告げる不気味さを表出した。

たまには病気になるものだとしみじみ思った。ぶっ倒れなければ『蒲田行進曲』をこんなふうに見ることはなかったし、新しい発見もなかっただろう。

目の中を鳥が飛び回る

前立腺の加療中に別方面から追撃が来た。目だ。いま眼鏡《めがね》を掛けて仕事をしている。老眼と乱視だ。かなり度は強い。最近はさらに拡大鏡を併用する。「眼鏡を作り直そう」という気になった。なじみの店は眼鏡店とは言わない。眼鏡院と言っている。

したがって、店主は院長だ。が、決して権威ぶった人物ではなく街の面倒見がいい。私とも長い付き合いだった。9年前に亡くなり息子さんが跡を継いでいる。

現状を話し検眼をしてもらった。その時にいま掛けている眼鏡を外し「これはいつ作っていただいたんでしたっけ」と聞いた。息子さんは「9年前です。これを作ってまもなく親父は亡くなりました」と応じた。

思わずハッとした。「そうですか。そんな因縁がありましたか」と、にわかに感慨深くなった。

が、検眼をすると左目は9年前からほとんど変化なし。しかし右目は黒い幕が掛かりおまけに小さな鳥がたくさん飛び回っている。そのことを言うと「そうですか」。息子さんは検眼を中止した。

「このまま眼鏡を作り直してもムダです。まず眼科医に診てもらってください」

「わかりました。どなたか紹介してくださいますか」

「お近くがいいでしょうね」

「ぜひ。仕事場から歩いていける距離で」

息子さんは苦笑いし、連絡してくれた。仕事場から歩いて2分くらいの、大きな文具屋さんの2階だ。そこへ行った。

前立腺のクリニックの待合室とは雰囲気が違う。皆、目を患《わずら》っているせいか〝目つき〟が悪い。ニラまれているような気がし、新参者の引け目もあって小さくなっていた。番が来て検眼をし、薬を目にさされて30分の待機を指示された。薬が目にしみわたったら写真を撮って、患部を精査するのだという。

前立腺を患い、今度は目がおかしくなって医院のお世話になる私が何よりも学んだのは〝我慢〟である。忍耐だ。それは「人間に例外はない」という、現実認識が起点になっている。

いままでの私には自身の健康について、かなり過信のきらいがあった。小学校の同窓会に行っても、体の故障を訴え合う同窓生に必ずしも同調はしなかった。冷ややかに応じた。それは、まだそういう思いをしていない自身の優位性を誇っていたからだ。だから「俺は違うぞ」と自分を枠外に置く傲慢さがあった。

それを真っ向みじんにたたき割られた。

眼科医は年配の女医さんだった。写真を撮って凝視した後、「手術をしたほうがいいですね」と言う。

「なんで右目の中で小さな鳥が飛び回るんですか」

「白内障が進んでいます。右の目は以前出血した箇所に血がたまっているんです。それでちらちら鳥が飛び回っているんです」

私なんかよりよほどボキャブラリーが豊かで表現も的確だ。

「目がこんなに悪くなっていることにまったく気づきませんでした」

ぼやきと女医さんへの謝罪の意味を込めてそう言うと、女医さんはうなずいて、私が考えもしないようなことを告げた。

「普通の人は暮らす中で、物や人を左目だけ、あるいは右目だけで見ることはしないでしょう？　いつも両目で見ています。ですからどちらかの目が悪くなっても、互いに補い合っているんです。だからどっちかが悪くなっても気がつかないんですよ」

私は言葉を失った。これは私への慰《なぐさ》めと励《はげ》まし以外の何ものでもない。

「医は仁術《じんじゅつ》だ」という。前立腺の先生もそうだが、この女医さんも〝仁〟の実践者だ。病気になってよかったと思う。〝生きた聖職者〟が街にはたくさんいるという発見があった。まるで野仏のように。

各駅停車のススメ

白内障の手術を2回に分けてお願いした。左目は30分、右目は20分だった。左目の視力は0・8に戻り、さらに眼鏡を調整してもらった。右目はかつて眼底出血した場所に、凝結した血が残っているので、これを徹底的に削去していただいた。おかげでそれまで目の中を飛び回っていたチラチラ鳥は、どこかへ消え去った。しかし視力の回復は難しい。

手術のおかげで色彩感覚が正常なものに戻った。というより、私にとって新しい体験に変わった。特に世の中の白と青の色が、おそろしく鮮明に迫る。街の建物がそうだし、道行く人々の衣類がそうだ。

身近な物で言えば、この原稿を書くペンがそうだ。私はずっとインクの色は青だがペン本体は黒だと思い込んでいた。ところが実際にはペンの本体も青だったのである。

こういう発見が屋内外で次々に起こるので、私の好奇心は否でも応でも掘り起こされ、一向に退屈しない。ただ、物によってはいままで美しいと思ってきた色が、俗悪なケバケバしいものだったので、こういう色とは無縁でいたかったなと思う物がまったくないとは言えない。

主として飲み屋からの口コミで、私が患ったという情報がけっこう流れたらしい。見舞いの手紙やファクスをもらった。親切な人は〝身近な健康法〟として、自分のやっている健康法を教えてくれた。かなり活用できるのでご披露《ひろう》する。

・歩く時によろめいたりつんのめったりするのを防ぐには、まず靴のかかとから地面に着けること。竹を割って切った物（市販されている）を家の中で３００回くらい踏むこと。

・電車の駅やバス停で待つ時はベンチに腰掛けて両足をまっすぐ前に伸ばす。そしてできれば両手を尻の下に入れ、自分で自分の体を持ち上げる。30秒できれば健康、1分支えられれば大健康。
・立ってかかとを上げつま先に体重をかける。その姿勢で両手を前に出し、水平状態から上に振り上げる。最低100回繰り返す。
・寝ている時に足の指でじゃんけんのグーとパーを繰り返す。グーの時もパーの時も思い切り力を入れ、すねに響くようにする。さらに足の指と指との間に手の指を挟んでグイグイ締め付ける。
・息は鼻で吸い、口を細めに開けて一挙に吐き出す。これを繰り返す。

こうして挙げた以外に「木刀《ぼくとう》で素振りを300本やれ」というのもあった。さらに、水を絶やさずに飲むこと、必ず散歩すること、寝る時は部屋の電気を消すことなど、文字どおりかゆい所に手の届く助言の数々だ。

今年も小学校の同窓会の誘いがあった。出席しても体調の話やゴルフの自慢が多いので、出たり出なかったりしてきたが、今年は私自身の体調の話になりそうなので、意地を張って欠席した。

後日幹事から当日の状況と、わかるかぎりの生存者の住所録が送られてきた。幹事の誠実さとその労苦にはいつも感謝しているのだが、この1年のうちにまた2人があの世へ旅立ち、今回の出席者は8人だったという。

しかし米寿《べいじゅ》を過ぎた後期高齢者たちが毎年集まって交歓《こうかん》を続けているのも、黙って幹事役を務めているIさんの功徳《くどく》だと私は思う。

今回患ってしみじみと知ったのは、こういう地道な〝徳〟の存在だ。

新幹線や飛行機にばかり乗って、いわば「2点間の最短距離は直線である」的な生き方を是としてきた私が、各駅停車の醍醐味《だいごみ》を知ったようなものだ。もっと言えば、自分の足で歩く時の発見の喜びを教えられたということである。

新宿の母の予言

ついに補聴器《ほちょうき》を装着することになった。他人の話を聞く時に必ず2度以上聞き返すので、その非礼さを指摘され屈服したためだ。本意ではない。不承不承である。

私は「身体髪膚《しんたいはっぷ》これを父母に受く、あえて毀傷《きしょう》せざるは孝《こう》の始《はじ》めなり」という古語を信奉している。注射が嫌いで（というよりは怖くて）、打たれる時は緊張してコチンコチンになる。「もっと楽にして」と言われる。心の中で「これはあえて毀傷する（される）典型的な例だ」と口答えする。

まさに臆病《おくびょう》の表れだが、全体に自然を重んじている。老いによる体の衰えは仕方がない。ありのままに朽《く》ちていくのは、人間も自然の一部なのだから止めようがないのだ。そう思って聴力の衰えも放っておいたのだが、他人に迷惑が及ぶのはやはり避けなければいけない。

ほかにも衰えた部分がある。手のひらだ。

先日、ＪＡ全中（全国農業協同組合中央会）の「経営マスターコース」の開講式があった。全国のＪＡから推薦された俊英《しゅんえい》職員を研修する塾方式の勉強会で、１年間缶《かん》詰《づ》めにする。私が塾長なので開講式と修了式には話をする。

塾長を頼まれてほぼ20年になる。毎回全受講生が紹介される。司会者の呼び上げに応じて起立する。会長、来賓《らいひん》など出席者全員が拍手する。

昔の私の手のひらは〝新宿の母〟と呼ばれる占い師に見てもらった時に、生命線は異常に長いが、一度死に損なう、中指に発する運命線も強運、小指から伸びる財運線もクッキリしていて、といいことずくめのことを言われた。死に損ないは戦中の海軍の特攻不発だろう。乗る飛行機がなかった。財は当たらなかった。というより私の浪費癖を見抜かなかった。新宿の母のせいではない。

とにかくいいことずくめの私の手のひらは、たたくと力強い音を立てるので、いろいろな締《し》めの場面で、〝お手を拝借《はいしゃく》〟シャンシャンシャンシャンの音頭を取った。

ところが今年はいくらたたいても音が出ない。

焦った。ムキになったが、やがてあきらめた。老いはここにも来ていた。

どこからか声が聞こえる。

「無駄な抵抗はやめろ」

やめた。受講生一人について5回手をたたいた。音なしの拍手。しかし心を込めてたたく。これが塾長として手を抜かない歓迎の表現だ、と語りかけながら。

補聴器はずっと進歩した。昔のように装着がハッキリ目立つ大きさではなくなった。しかもよく聞こえる。聞こえなくてもいいことまで聞こえる。そろそろこの世の持ち時間もおしまいかな、と思い始めていたのに、また新しい生命が加わった気がしている。もっと早く装着すればよかったと思う。

テレビのCMで健康器具の紹介を見ていると、時に親不孝の勧めと思うこともあるが、この考えは改めざるをえない。

果てしない旅路

新しく〝なすべきこと〟が二つ増えた。血圧測定と泌尿器用薬を飲むことだ。共に朝、夜、就寝前の3回を義務づけられた。血圧は測定器の扱いを医師に教えられ、欠かさずに実行している。いまのところ平均で朝が最高130mmHg、最低が80mmHg、脈が70bpmぐらいだ。

お医者さんにもらった「私の家庭血圧日記」によると、目標値が後期高齢者は診察室で「150、90」、家庭で「145、85」と書いてあるので、まず安心圏内だ。もちろんこれはお医者さん処方の薬によってである。

薬は泌尿器用と血圧用の2種類ある。袋にこれも娘が朱書きしてくれた。朝1錠(血圧用)、朝夕各1錠(泌尿器用)、夕食後1錠(血圧用)となっている。指示どおり飲んでいる。血圧は数値を日記に記入する。

意外な発見があった。私は「休肝日」を持たない。夕暮れには必ず酒を飲む。生ビール中ジョッキ1杯プラス日本酒なら3合から4合、ウイスキーだとダブルの水割り3杯くらいが定量だ。

意外な発見というのは、就寝前（つまりアルコールが残っている）の計測値が必ず120台であることだ。（酒を飲むと血圧が下がるのか）と不思議で仕方がない。お医者さんに聞いて「酒をやめなさい」と言われたら裏目に出るので黙っている。

さて、この新しい〝なすべきこと〟に終了期限はない。死ぬまで継続することを義務づけられている。

この後どれだけ生きられるかわからないが、私にとってはフレッシュな、そしてどこか重い感じが伴う経験だ。〝果てしない旅路〟をたどる思いがする。

しかし前立腺肥大になった時の苦痛、滞留した水門が手術でなくいまの薬によって一挙に開かれて、ドッと放流できた時の喜びは、まさに生命そのものの躍動だった。

薬をやめればあの喜びがたちまち断たれる。その思いはもはや恐怖となって意識づけられている。

血圧にしても、地方の講演会の壇上《だんじょう》で急に頭にカッと血が上り、よろめいてテーブルにへばりつき突然休憩させてもらった、ミットモないあの経験は二度と繰り返したくない。それまでは巷での「血圧の上は自分の年齢プラス90までは大丈夫」という、俗言を鵜呑《うの》みにしていた。とんでもない話だ。

二つの〝果てしないなすべきこと〟を、自分の毎日に加えたことによって、私は二つの歴史的教訓を思い出している。

一つは二宮金次郎《にのみやきんじろう》の〝積小為大《せきしょういだい》（小を積んで大となす）〟であり、もう一つは徳川家康の〝人の一生は重き荷を負いて遠き道を行くがごとし。必ず急ぐべからず〟という言葉だ。家康が否定動詞の上に〝必ず〟と加えている用語法が面白いし、インパクトが強い。

積小為大のほうは日常行動の中で多くのことに当てはまる。早朝（5時ごろ）マンションのポストに新聞を取りに行く。ポストの下に他家のポストから飛び出したチラシが数枚落ちている。私は全部拾って管理人が用意したくず入れに捨てる。誰もいないからだ。見られていたら照れくさくてそんなことはできない。

マンション内に段差がある。管理側はここに鉄鋼の斜板を架け、その上にじゅうたんを敷いた。このじゅうたんがズレていることがある。私はこれも引き上げる。誰もいない時にだ。

チラシも、じゅうたんの時も、私は一人でつぶやく。

「積小為大」

別に隠れた善行を積んで、あの世の地獄に行ったらカンダタのようにお釈迦様に救い上げてもらおう、と計算しているわけではない（芥川龍之介『蜘蛛の糸』）。二つのなすべきことをおっくうがらず日に3回確実に実行するための、起爆剤あるいは助長剤なのだ。

ワクワク感との決着

脚力がはっきりわかるほど弱ってきた。道を歩く時も道路が斜面になっているとよろめく。慌ててかかとに重心を置いて支えるが、必ずしもうまくいかない。

いままで他人から健康法を聞かれると「朝5時から散歩しています」と答えてきたが、もはやこれはうそだ。外に出ようという気力がなえた。

かといって散歩をやめたわけではない。実行はしている。ただし朝ではなく夕暮れだ。飲み屋に行く時の歩行だ。だからあまり近い店には行かなくなった。散歩と言える距離を保つ店に限るようになる。

「どうしたんだろう。このごろちっとも寄らないね」

当然無視された店ではそういう疑問を持つだろう。それをいちいち店に顔を出して

「近すぎて運動にならないから寄らないよ」と断るのもおかしなものだ。

いずれにしても脚力の回復に努力しなければならない。勤めを辞める時に若い仕事仲間が竹の一片を贈ってくれた。踏むためのものだ。ベッドの下に放り込んだままにしておいたのを、急きょ取り出した。根気よく踏む。テレビを見ながら心の中で踏む回数を数える。300回以上500回止まりとする。

戸外での歩行にも工夫する。つんのめったりつまずいたりするのがしきりだ。(どうしてくれようか)路上で恥をかかせ、憤りの炎を燃え立たせる脚は敵だ。いろいろ考えた。揚《あ》げ句《く》に実行し始めたのが、足の先を放り出すように前に出し、かかとから着地するという歩き方だ。

これだとまず尻が前に出て背筋がピンとし、姿勢がよくなる。普通に歩く時のつんのめりやつまずきで起こる前のめりが防げる。屈辱感はこの前のめりによって起こるのだから、精神的にも安らぎが得られた。

しかし一歩一歩ホイホイと投げ出すような、投げやりな歩き方をしている後期高齢者の姿を、通行人がどう見ているかは私の意識の外にある。というのは、いまの私には大きな屈託ごとがあるからだ。

高齢者の年齢別のありようを提起したのは孔子だ。60歳を耳順《じじゅん》、70歳を従心《じゅうしん》と告げた。耳順というのはほかからの意見をよく聞く、違う表現をすれば、ほかからの意見を素直に受け止められるように自身の人格が完成している、ということだろう。だからこそその延長線上にある「従心」が可能になるのだ。

従心というのは、自分の思うところに従って行動しても、もはや過ちはないという意味だが、ここに孔子一流のアイロニーがある。孔子の言葉は言外に「そのはずだ」というクールな突き放しがある。

つまり70歳にもなったら、ほかに害を及ぼすような過ちは絶対に犯さないはずだという断定である。ところが私の場合はそうはいかない。孔子が40歳に設定した「不惑」のころも、惑わぬどころではなく、ワクワク感いっぱいだった。

そのまま加齢を続けてきたから、まだワクワクの決着がついていない。日常の思考は麻のごとく乱れている。その収拾の奮闘努力中に、脚力がガクンガクンときたから、狼狽《ろうばい》の極みに達したのである。

しかしだからといって無為《むい》につまずいたり、つんのめっているわけではない。確かにいまの私が〝従心〟からは程遠《ほどとお》く、一挙手一投足の中にかなり反省したり、夜中自己嫌悪で七転八倒する行いが多いのは確かだ。

「これも耳順をキチンと行ってこなかったからだ」と一応は反省する。が、ほかからの意見の聞き方にも、私は一つの基準(モノサシ)を持っている。聞くべき意見、聞いたほうがいい意見、聞かないほうがいい意見、聞いてはならない意見、である。

孔子もおそらく「ほかからの意見はすべて聞きなさい」と、無限定無定量の受け入れを求めたわけではあるまい。

そうなると孔子の「年齢別人間の完成度」にも個人差があるので、これは一応の努力目標と考えるべきなのだろう、と何かにつけて〝晩稲《おくて》〟の私は自己弁護を兼ねて、路面と闘いながらそんな負け惜しみに身を委ねるのだ。

真実はそんなもの

前は顔色がよくて講演会の時におばあさんから「パックは何をお使いですか」と聞かれたことがある。この間白内障の手術をしたら、片方の目が視力を回復し、眼鏡なしで対象がはっきり見えるようになった。特に白と青が鮮やかに目に映る。

驚いたのは自分の顔だ。シミだらけだ。情けなくなった。顔の実情に情けなくなったのではない。おばあさんの質問をそのまま信じてきた自分の愚かさに対してである。おばあさんがそういう質問をする以上、私の顔はシミ一つなく、年齢不相応なほどつやつやしている、と信じてきた。

が、これは私の思い込みで、おそらくそのころも視力のよい人から見れば、私の顔はシミだらけだったのに違いない。私だけがそうじゃないと思い込んできただけなのだ。

さて、だからといってこの顔をどうしようかなどとは思わない。簡単な手術で取ってくれるお医者さんはいる。が、私の顔をきれいにするため（顔だけでなく手にもある）には数十万から100万円かかるのではなかろうか。

それに私の考えの底には孔子の教えがしみ込んでいるので、「身体髪膚これを父母に受く、あえて毀傷せざるは孝の始めなり」という教えが頭の中にちらつく。手術や注射が嫌いなのもこの教えのためだ。

現状をそのまま受け入れよう、とたちまち心のギアチェンジを可能にするのは、私に若い時からすぐそうさせる古い映画があるからだ。『舞踏会《ぶとうかい》の手帖《てちょう》』というジュリアン・デュヴィヴィエのフランス映画だ。

マリー・ベル主演の夫に死なれた金持ちのクリスティーヌが、古い手帖を開く。娘の時代に接触のあった男たちの名が書かれている。

「いまどうしているかしら」

女性は男たちの元への遍歴《へんれき》旅行に出る。ルイ・ジューヴェ、アリ・ボール、フランソワーズ・ロゼー、ピエール・リシャール＝ウィルム等の名優が総出演した懐《なつ》かしの名画だ。クリスティーヌは大きなカン違いをしている。

それは娘時代に大きな広間で、天井《てんじょう》にはシャンデリアが輝《かがや》き、自分もすばらしい衣装を着て、訪ねる男たちに抱かれて踊ったと記憶していることだ。男性も素敵な青年だった。

それが訪ねてみると、雪山のスキーの指導員、官憲に追われる犯罪者、麻薬中毒者、小さな教会の神父、理髪店の親父などなのだ。最後に訪ねた理髪店の親父が言う。

「あんたが踊っていたのはこの店だよ。シャンデリアだと思っているのは店の古電灯さ。昔とちっとも変わらないよ」

デュヴィヴィエはペシミズムの大家だ。私が観たのは20代だが、理髪店の親父の事実暴露には驚かなかった。(世の中の真実なんてそんなもんさ) と当時思ったし、いまでもそう思っている。だからシミだらけの顔の事実にも明るく対応できるのだ。

神か仏か運命か

先日、恐れていたことが起こった。

水戸で講演があって上野から電車に乗った。特急で1時間半だ。発車するとすぐ眠ってしまった。

水戸駅に近づくと付き人として同行している娘に起こされた。眠気はまだ去らない。そして駅の階段を1、2段下りた時、「これ以上我慢できない」という自覚が睡魔《すいま》に身を預け、私の体は止めようもなく転落した。

しかし本能が作動し、昔身に付けた柔道の受け身でそれを受け止めた。すなわち落下する体をタテからヨコにし、さらに右を下にするという動作を行った。私の体は階段の上にヨコになって着地した。

弾みで眼鏡が下まで飛んだが、これは縁もレンズも旅先での不慮《ふりょ》の死の際に葬式代に充《あ》ててもらうつもりなので、かなり高額の物だ。そのせいか拾ったら傷一つ付いていない。

様子を見た人たちが飛んできた。

「救急車だ！」と騒いでいる。

「やめてください」と私は笑って（引きつっていただろうが）、「これから講演がありますす。お騒がせしてすみません」とおじぎした。

「講演!?」と囲んだ人たちはあきれる。

「せめて頭だけでも診てもらったほうが」

大きなお世話だ。なぜ手や足でなく頭なのだ。

「大丈夫？」

まゆを寄せる娘に「何でもない」と手を振り、「皆さんにもご心配をかけました」と逃げるようにその場から退去した。

そして所定の時間に所定の場所で仕事を済ませた。

「来る前に駅の階段で落ちまして」などということは一言も言わない。すべてさりげなく何げなく日程を済ませた。

戻ってからも病院に行かない。ヤセガマンしているのではなく、体にまったく異常がないからである。どこも痛くないし後遺症もない。

好きな言葉に、古いフランス映画『商船テナシチー』のラストシーンに出てくる「運命は従う者を潮に乗せ、拒む者を曳《ひ》いていく」というのがある。

「運命は自分で切り開くもの」という頑固な信条を持つ私は、決して運命論者ではない。それでも「俺は始終運命に引きずられている」と思っている。それもかなり幸運にだ。とりわけ「健康」には恵まれている。

昭和元年は大正の尻尾の数日なので、昭和2年生まれの私は昭和と平成を丸々生きてきた。しかし時に風邪《かぜ》をひくことはあっても、いままで医者の世話になったのは眼と泌尿（前立腺肥大）の一度きりだ。健康保険料は毎月最高額だそうだが、これは他人の役に立つ。足も達者で逃げ足も速い。工事現場のそばを歩く時は、ちょうど出会ったおじいさん、おばあさんを危ないほうに押して、私は安全な側を歩く。

健康保持にはこういう細かい努力と非情さが必要なのだ。

それにしても「水戸駅での転落」始末は、一種の奇跡だろう。何でもないことのほうがおかしいのだ。

正直に言おう。私は「神様か仏様が護ってくれた」と思っている。私を引きずりっぱなしの〝運命〟かもしれない。とにかく私は運がいいのだ。

考えるな、感じろ！

先日、また一つ新しい危機に襲われた。

ネクタイが結べなくなったのだ。手が動かなくなったわけではない。結ぶ手順を忘れてしまったのだ。居住する目黒区の区長さんのお母様が亡くなられた。私は名誉区民なので、秘書室から丁寧な案内を受けた。

都庁に勤めていたころは、都議会に説明者として出席する時以外、ほとんどネクタイを結んだことはなかった。カラーシャツやタートルネックで出勤していた。しかし、ネクタイが必要な日は敏速《びんそく》に結んだ。手が勝手に動いた。

いささかのためらいも疑いもなかった。区長さんのお母様の葬儀は区内の古刹《こさつ》で行われる。黒い服を着て、さてネクタイを結びにかかった。ところが結べない。

「どうしたんだよ?」と自分に呼びかける。が、結べない。「冗談じゃねえぞ、しっかりしろ」としかりつける。が、結べない。焦り出した。呼んだタクシーがクラクションを鳴らす。頭の中が白くなり、胸の鼓動《こどう》が速まる。

「落ち着け」と言い聞かせる。落ち着いて手順をしっかり思い出せと自分に命ずる。

「まずネクタイを自然のまま首に巻く。長いほうを右側に、短いほうを左側に。確か、長いほうを作った輪の中に、手前にたくし込んで、その後クルクルと巻いて、キュッと結んだはずだ」と脳が説明する。

しかし、その最初の輪ができない。手前にたくし込む形にならない。逆に向こうへ投げる形にしかならない。

「どうしちゃったんだい」

悲しくなった。知人に対しても「アンタ、ダレ?」と言ってしまう、あの兆候が始まったのかと恐ろしくなってきた。

その恐怖心がどんどん増してくる。

「そんなことはない。まだまだ俺は大丈夫だ」

頭へ上る血流を抑えながら、思わぬ危機の突破法を探した。

思いついたのは、やり方の根本的改変だ。つまりこの時の私は、結び方を脳に託している。〝考える〟ことによって結ぼうとしている。かつて鮮やかに素早く結んでいた時はどうだったのか。ネクタイの結び方なんてまったく考えていなかったはずだ。脳は別のことを考えていた。自分の行動として、ネクタイを結ぶことなどに何の価値も置いていなかった。にもかかわらず結べた。

では、結んだのは誰か——。手だ。

この発見は私を救った。私は脳に命じた。

「おまえをネクタイの結び方から解放する」

そして、どうしたか。手に任せたのだ。手に命じた。

「勝手に結べ」

驚いたことに、手はちゃんと覚えていた。手際《てぎわ》よく輪を作り、長いほうをきちんとこちら側に投げ、クルクルと巻いてキュッと締め、一丁上がりというように澄《す》ましている。この時の私の脳は、手足に対する司令塔ではない。無力無能な一部位にすぎない。この経験は私に「ネクタイを結ぶ時は脳に頼らない。手に任せる」と心を決めさせた。悲しい決意だ。

ところが不思議なことに、私は悲しくない。普通ならこういうことが次々と重なって、脳や肉体の老化、退化が加速度を付けると思うだろう。私の場合はそんな気持ちはみじんも湧かない。

負け惜しみではない。面倒な営みが一つ消え去った気がしたのだ。気取った言い方をすれば、「ルーチンワークからまた一つ解放された」という思いを味わったのだ。「ネクタイを結ぶ時は手に任せればいい。脳には別な仕事をしてもらいたい」ということである。

だから私は、この事件を老化や退化の現象としてとらえる気は毛頭ない。自己改良のようなもので、「得しちゃったな」という喜びでいっぱいなのだ。

血液型のせい？

私の医療被保険者証には「後期高齢者」と書いてある。へえ、高齢者には前期と後期があるのか、と気づいたのは最近のことだが、前期であった時もいまも、自分が高齢者だと意識したことはほとんどない。

しかし、他人には言わないが、実際には老化が始まっている。道を歩く時にも足がよろめく。意志による制御も無効だ。道路にわずかな傾斜でもあると、低いほうへ、低いほうへとよろめいていく。自分に腹が立つが、腹を立てると老化を認めることになるので、グッとこらえてほほえむ。しかし、そのほほえみが引きつっているのが自分でもよくわかる。

下着の着替えがうまくいかない。特に、脚を入れる時に引っ掛かってよろめく。壁や柱にもたれてようやく脚が入る。これにも腹が立つ。というより、哀しい。しかしここで踏ん張らなければ、名実共に後期高齢者になってしまうぞ、と自分を叱咤《しった》する。具合が悪いのは、講演中に出てくる人名や地名を忘れてしまうことだ。ちょっとしたきっかけですぐ出てくる人名や地名なのだが、いったん忘れるとなかなか思い出せない。壇上で平然と話し続けるのだが、心の中では七転八倒し、なんとか思い出そうと、話の続行と同時進行させている。

聖路加国際病院名誉院長の故・日野原重明《ひのはらしげあき》先生なら、「それが血流をよくするのだ」とおっしゃるかもしれない。先生によれば、「講演も健康法の一つ」なのだという。「講演は人前で恥をかく行為であり、恥をかくまいとする努力が血流をよくする」という意味のことをどこかでおっしゃっていた。私はこの言葉を金科玉条にして話を続けている。

このごろは、すぐ思い出せない時は、「いまごまかしていますが、本当はこの人物の名前を忘れちゃったんです。話の終了までには必ず思い出しますから、ちょっとご猶予《ゆうよ》ください」と、正直に苦境を吐露《とろ》する。聴衆はドッと笑う。中には「だれだれですよ」と私が忘れた人名を教えてくれる親切な人もいる。「ありがとうございます」と礼を言って、「私が忘れた人物はだれだれです」と告げる。客席はまた沸く。

が、終了時間になってもついに思い出せないままのこともある。こういう時は後味が悪い。まさに、自分の愚かさを露呈して恥をかき、そのまま恥を会場に凍結したまま退場（逃走）してきたような気がするからだ。

もっと悪いのは、帰りの飛行機や列車に乗ると、すぐ記憶がよみがえることだ。地団駄《じだんだ》を踏んでも取り返しがつかない。こういう時は、本当に口惜しい。

にもかかわらず、すぐその恥を忘れて、異なる地域に出掛けていって講演を続けているのは、俗に言う「旅の恥はかき捨て」などというふてぶてしい考えが私にあるからではない。

そうではなく、私はどうも、「自分の不具合はすぐ忘れる」という非常に都合のいい浄化装置が、頭の片隅に据え付けられているようだ。

嫌なことに出合っても「これは誰がやったんだ！」などという犯人探しはやめましょう、などと悟ったようなことを言うのは、あるいは自分の不都合はすぐケロリと忘れてしまう、この性格に基づいているのかもしれない。

「自分の不具合には頰《ほお》かむりせよ」という人生訓を、知らないうちに実践している。そして、これが自身の経験から身に付けたのではなく、自然に備わっているところが、甚だ申し訳ない次第だ。人から「それがB型の特性だよ」とよく言われる。

第3章

90歳で道を知る

寝たい時に寝る

あの時という特定の時機はないが「やっておけばよかった」という後悔が二つある。もう死ぬまで絶対にできないからだ。

やりたかったことというのは、ハンググライダーと、飛行機からのパラシュート降下である。

ハンググライダーはやる場所まで決めていた。佐賀県唐津市《からつし》の鏡山《かがみやま》と静岡県の朝霧《あさぎり》高原だ。別の用で脇を通過するたびに「近く必ずハンググライダーをやりに来るぞ」と宣言した。が、ついに宣言倒れになり、規定のうえでも年齢のうえでももはや無理ということになり、今生《こんじょう》では断念せざるをえなくなった。

選んだ唐津も朝霧高原も、上空からぜひ眺めたい景勝地だった。

その代わりというのもおかしいが、いまテレビで火野正平《ひのしょうへい》さんの自転車旅行を食い入るように見ている。

関心は二つあって、一つはかなり日本各地を歩いたつもりの私でも、初めて知る土地の景観に接することが多いこと。『にっぽん縦断こころ旅』というタイトルどおり、投書者が大切にしている風景の指定が、私にはほとんど未知の地域であること。

もう一つは、もはや私自身は自転車に乗らない（乗れない）こと。どう力もうが、意識はあっても手足のほうが司令塔の指揮どおりには動かず、たちまち転倒することは明らかだ。（自転車にも乗れなくなったか）などという嘆《なげ》きは、私の場合にはなかった。ごく自然にこの喪失《そうしつ》を受け止めた。「老いとはそういうものだ」とずいぶん前から覚悟していた。

この番組は楽しい。私は火野さんと一緒に自転車に乗っているような気分になる。火野さんのハンドルさばきやペダルを踏む脚力は、まだまだ力強い。それに便乗する私の心は、完全に火野さんに同化させてもらっている。

次々と失うものの増える日々だが、〝新しく得るもの〟がまったくないわけではない。最近得たものは「寝たい時に寝る」という考え方だ。

いままでも状況はそれを認めていたのだが、私自身に「午後11時前に寝るのは世間に申し訳ない。世間ではまだ働いている人がいる」という自己規制があった。この規制を外した。午後8時でも9時でも寝てしまう。

かつてなかった解放感を覚え、思わず足をバタバタさせるほどうれしい。が、これには報復が伴う。午前1時ぐらいには必ず目が覚めてしまうことだ。そうなると身の置き所がなくなる。朝までの時間の過ごし方に工夫がいる。

しかしこの対処法も発見してある。ウディ・アレンの映画（ビデオ）を見ることだ。特に『ミッドナイト・イン・パリ』は毎晩（朝）見ても飽きない。

オーウェン・ウィルソン（ロバート・レッドフォードのそっくりさん）が、フィアンセとパリに行って経験する夢想（幻想）の話だ。

真夜中になってホテルの所在がわからず、モンマルトルをうろついているオーウェンの前に、タクシーが止まる。乗っていたのはＦ・スコット・フィッツジェラルド（往年の米国の作家）だ。連れていかれたバーにはアーネスト・ヘミングウェイがいて、しきりに毒舌を吐いている。以下、ガートルード・スタイン、パブロ・ピカソ、サルバドール・ダリ、ポール・セザンヌ、クロード・モネ、アンリ・ド・トゥールーズ＝ロートレックにも会う。

ウズウズする。私も空想癖の強いほうだから、深夜の飲み屋街で好きな作家や映画監督、俳優さんたちが軒並み飲んでいる光景を想像する。この店にはこの人、あの店にはあの人と。そんな自身を〝後生《ごしょう》楽爺《らくじい》〟と名付けている。

深夜のコメ研ぎ

私は自身を〝東京マンション流れ者〟と呼んでいる。

もちろん東京中を流れ歩いているわけではなく、江戸城（皇居）を中心とすれば、城南の目黒区内のマンションを渡り歩いている。住み替えは不動産屋さんの勧めによる。もちろん買い替え（そんなカネはない）ではなく、借り替えだ。

私がマンションを好むのは、〝孤独の保持〟ができるからだ。

住民登録のある住所から離れ、別に仕事場を設けてそこで寝起きもする。つまり〝職住一致〟の暮らしをするようになってから、すでに20年以上になる。調度品は何もない。本とブルーレイディスクだけだ。ビデオ部屋にはベッドが置いてある。いつでも寝られる。そのままの服装で。

深夜に楽しみがある。朝飯の支度だ。午前2時ごろコメを研《と》ぐ。私はJA全中（全国農業協同組合中央会）の研修顧問をしているので、晩秋になると新米が送られてくる。新米も賄賂《わいろ》ではなく感謝の意味だろう、と解釈して素直にいただいている。

これを目分量で炊飯器の釜に入れて研ぐ。水の白濁《はくだく》が完全に消えないところで研ぐのを打ち切る。水加減をする。レストランのシェフ（店主）にもらった備長《びんちょう》炭《たん》の切れっ端を表面に2本並べる。何の意味があるのか知らないがそうしている。朝5時ごろまでそのままにする。ただしスイッチを入れる前には除く。水も替える。〝炭の炊き込みご飯〟など食う気はない。

5時ごろ散歩に出て、コンビニに寄る。トーフ（木綿ごし）、納豆、大根（4分の1くらいに切ってある）、ネギ（1本が二つに切られている）、モヤシ（安い。大量の袋詰め）を買い込む。

6時ごろから腕まくりして支度にかかる。みそ汁作りだ。ダシはかつおぶしをカンナで削る。これに調味料を添えて鍋の水に投ずる。煮沸《しゃふつ》の頃合いを見てガスを止める。

湯気でやけどしたことがあるからだ。みそを入れ、再び点火する。それからトーフ、大根（皮をむいて）、モヤシを放り込む。鍋のふたはしない。すぐ煮こぼれて、後の始末が面倒になるからだ。

納豆を器に入れ、カラシを混ぜてかき回す。その上に生卵を1個、殻を割って注ぎ、しょうゆをたらす。みそ汁もできあがり、飯も保温になっている。「よし」。私は満足のつぶやきを漏らす。

新聞を読みながら自作の朝飯を食う。ご飯は2杯。1杯目はウニ、のり、明太子などをまぶす。残った飯には卵と納豆をかき混ぜたのをかける。2杯目にはみそ汁をブッかける。納豆のネバネバが洗い流される。満腹だ。使った器をすぐ台所に運んで洗う。だから昼飯は抜く。夜の飯屋選びが楽しみだからだ。

みそ、コメ、のり、明太子、ウニなど、実はすべて指定品だ。そういう食品を思いのままに扱える朝飯は、私にとって本当の〝至福の時〟なのだ。特に、ゴキブリと語り合うコメ研ぎが楽しい。

道は礼なり

相撲が好きだ。私の子供時代は双葉山《ふたばやま》の全盛期で人気横綱が何人もいたが、子供のヒーローは双葉山だった。退く直前に信心の故だろうか、太鼓《たいこ》のばちを振り回して、止めようとしている人々と争っている姿を見たことがある。男女ノ川《みなのがわ》は晩年、多摩の名物焼鳥屋で見掛けた。自転車に乗って店の集金の仕事をしていた。

日本人力士の出身県で多いのは青森県だ。若の里《わかのさと》が好きで端正な取り口にいつも敬愛の念を持っていた。同じことは同県出身の貴ノ浪《たかのなみ》にも感じた。後進の相手をする時は、土俵《どひょう》際《ぎわ》まで寄られるか押される。本領を発揮するのはそれからだ。寄り返すか押し返す。あるいは投げる。

これは剣道や柔道で言えば達人の余裕だ。達人が後輩と立ち会う時は、三本勝負なら最初の一本は必ず後輩に取らせる。そして後の二本を取る。貴ノ浪は土俵際まで詰められても人懐《ひとなつ》っこい笑みを浮かべていた。

薩摩《さつま》人の霧島《きりしま》は大関の時に優勝した。娘さんと一緒の写真に父親の愛情があふれていた。その印象を夕刊紙のコラムに書いた。その後、霧島関から自伝の推薦の言葉を頼まれて書いた。私が留守の時に本人から一升瓶《いっしょうびん》が数本届けられた。自身で提げてきたという。

群馬県の商工会議所に講演に行ったら、会頭さんの部屋に地元出身の琴錦《ことにしき》の大きな写真が飾ってあった。小柄だが敏捷《びんしょう》な取り口の大ファンだった。引退後もテキパキした冗語のない解説をしている。

武道の柔術はいつのころからか柔道になった。剣術も剣道になった。術が道になったのだ。道とは「礼」のことだろう。相撲も相撲道と道が付いている。国技でもある。

だから礼を求められる。土俵に対して入退の時、土俵に上がって勝負の前後、礼をする。ところが近ごろは、この礼がきちんと行われないことが多い。

私が嫌なのは負けた時にフンとあごの先で肯《うなず》いたり、頭は下げるが、それは締《し》め込《こ》みからさがり（棒状の飾り）を引き抜くためだという風情を見せる力士の姿だ。口惜《くや》しさや負け惜しみはわかるが、武道で言えば「参った！」の表現だ。潔《いさぎよ》さがほしい。

小言幸兵衛的に言えば、もう一つ。力士が入退場する時に通る通路では、必ず先輩の引退力士がジャンパー姿で監視役を務めている。前を通る時にお辞儀《じぎ》をする力士もいるが、しない力士もいる。お辞儀をする力士を見る時はこっちも本当に気分がいい。それは相撲が道であり、道はすなわち礼だからである。

無い物ねだり的にさらに欲を言えば、取り口の技も高位者には品格がほしい。勝てば何をやってもいいというのは、やはり道ではない。相手の腕を挟み込む「小手投げ」などはあまり見たくない。こっちの腕まで痛い思いをするからだ。

仕切りの時に両手をきちんと突《つ》かないので、行司よりも審判員が「まだまだ」と声を掛けて手を突かせた時期があった。これもまた〝のど元過《もとす》ぎれば〟の感がなくもない。うっせえ、そのとおり。

理想の老夫婦

通っている酒亭に幾組《いくくみ》かの老夫婦が来る。その一組の亭主がある夜、私に聞いた。

「江戸時代に理想的な老夫婦がおりましたか？」

こっちの仕事は客たちにバレているので、正直に答えた。

「いますよ。たとえば画家の池大雅《いけのたいが》とそのカアちゃん。毎晩二人で三味線《しゃみせん》と琴《こと》を奏《かな》でて歌っていました。でも老夫婦じゃねえな」

私は頭の中の引き出しをかき回した。すぐ出てきた。

「います、上田秋成《うえだあきなり》とその妻です。秋成は作家で『雨月物語《うげつものがたり》』などを書いています」

「ああ、『雨月物語』は若いころ映画で見ました。たしか溝口健二《みぞぐちけんじ》監督で森雅之《もりまさゆき》が主演でした。怪談ですね。で、どんな夫婦生活を？」

私は語った。

「秋成は実父母とは早く別れ、養父母は嶋屋《しまや》という裕福な大坂商人。成人すると家業を嫌って典型的な道楽息子になった。しかし養父母は放っておいた」

実を言うとこういう話は難しい。私には語りたい話の山（モチーフ）がある。しかし山だけ話しても相手は理解できない。一応その人物の略歴を語り、私が話す山がなぜ山なのかを察する背景を知ってもらわなければならない。

それをほかの客もいる酒亭でやるのだ。背景説明は手短にし、早く話の山に到達しなければならない。厄介《やっかい》なことに私はこういう人を相手にすることが嫌いではない。頼まれると進んで乗る悪癖《あくへき》がある。

「養父が死ぬと秋成は家業を継ぎ、家事使用人のたまを妻にします。しかし家財をすべて失い、しかも左目を失明します。でも食うために医術を学び医者になります。しかし子供の治療に失敗し死なせてしまいました」

「ほう」と、相手は退屈がらず逆に関心を深めた。連れの奥さんも同じだ。夫婦の脇にいる一人客も聞き耳を立てている。私は調子に乗った。

「秋成は妻に『こういう境遇を不遇と言うんだ。避けずに二人で生きていこう』と放浪《ほうろう》の旅に出ます。といっても、京都の中をあちこち転居したのです」

ようやく話の山のふもとまで来た。私は酒杯を何杯も口に運びつつ、自分のペースに乗った。

「南禅寺《なんぜんじ》のそばに小さな庵を借りました。1室です。秋成はこれからは別居するといって部屋を二つに分け、境界に本を積んで並べました」

「面白い！」

その光景を頭に浮かべて奥さんが手をたたいた。

「こうして秋成と妻は同室別居を始めました。妻も物を書き始め、秋成にペンネームを付けてくれと頼みます。秋成は瑚璉《これん》と付けました。孔子を祭る行事に使う聖具《せいぐ》の名です。でも本当は妻を、これこれ、と呼ぶためです」

「面白いわぁ！」

奥さんがまた声を上げた。亭主のほうはまゆを寄せた。

話が山に来た。

「それぞれに訪問客ができました。ただ秋成は酒を飲みません。妻は飲みます。秋成は渋い顔で書き物を続けます。本の垣根の向こう側ではドンチャン騒ぎ。たまりかねた秋成が、これこれと制止するのですが、妻は聞きません。おそらくさんざん苦労させられてきたので、その鬱憤《うっぷん》晴《ば》らしでしょう」

「ねえ、うちでもやろうよ。今晩からやろう！」

かなり酔いの回った奥さんは亭主の腕に手を掛けて揺すぶった。亭主は思案顔だ。

私は続けた。

「妻はやがて死にます。秋成は妻の骨の一片を袋に入れて首に下げ、なにがしかのカネをその中に入れて旅に出ます。『ご当地で死んだらこの骨と一緒に埋めてください。葬式代です』と書いた紙を添えて」

夫婦はシュンとしてしまった。

やりたくはないけれど

やるまいと思えどやはりやっている――。

近ごろの私の感懐《かんかい》だ。やはりやっているというのは、本や新聞のページをめくる時に指をなめて唾液《だえき》を付けることだ。

若いころ、私は〝暮らしの美学〟として、三つのことを自分に禁じた。

一つ目はページをめくるのに指をなめないこと。

二つ目は食事で割りばしを使う時に2本をすり合わせないこと。

三つ目は食べ終わった後に使った割りばしを折らないこと。

なぜだと聞かれても理由をうまく説明できない。直感か本能によるもので、「ただイヤだからイヤなんだ」というより説明のしようがない。

割りばしについては、老人が「すり合わせると死んだ人が嫌がる」と言ったので、それをそのまま信じている。もちろん、割った時に発生するケバのようなものをそのままにしておくと唇《くちびる》を傷めるからそうする人がいるということは私も十分知っている。そして私の使う割りばしにもケバは発生する。私の場合だけ特例があるわけではない。

ただ老人の言ったことが耳の底にこびりついていて、私にはどうしてもあのすり合わせができない。側にいる死んだ人の嫌がる悲鳴が、泣き声となって響き続けるからだ。では私の場合どうしているのか。ケバに触れないように細心の注意を払う。だからすごく緊張する。「バカだな、おまえは」と自身をあざ笑う。

見栄《みえ》なのだろうか、気取っているのだろうか、自意識過剰なのだろうか。しかし何と言われようとも嫌なのだ。そして食べ終わった後、ピシッと力を込めて2本の割りばしを折ることはさらに堪《こら》えがたい。折られた割りばしの悲鳴が聞こえてくる。だいたい何のために折るのだろう。まさかその店でその割りばしをもう一度使わないようにする予防措置ではあるまい。あるいは勤め先でたまった憤懣を割りばしにぶつけているのか。

　本当なら折る人に「なぜ折るのですか」と聞けばいいのだろうが、そんな勇気はない。だからこの件に関してはいまだに解明できないでいる。目撃するたびにピシッと自分が折られたような思いを、胸の中でかみしめているだけだ。

　新聞や本のページをめくるのに、指をなめるなというおきてを設けたのは、そういうしぐさをする友達はあまり頭脳が鋭くない、という印象が子供のころにあったせいかもしれない。倨傲《きょごう》な規準設定だ。しかしどうもこの思いが潜在意識にあるらしく、かなり長い間そうしないで生きてきた。

　しかしいくらめくろうとしても、ページの重《かさ》なりが解けない。重なったままページが移行する。焦りと情けなさで泣きたくなる。

　そういえば昔、切手を貼る時に海綿《かいめん》に水を含ませて使ったことがあった。海綿を使えばそれで済むのだろうか。

私の本能は首を横に振っている。「ダメだ」。ダメというのは、この件に関するかぎりやはり道具に頼ってはダメということなのだ。が、そう言われても私の指はもうその要望に応えられない。

加齢のために湿《しめ》り気《け》（脂《あぶら》っ気《け》）がなくなってしまった。カサカサだ。努力次第でもう一度取り戻せるというものではない。

ある日ある時から、私はごく自然に指をなめ始めた。唾液を付けてページをめくりだした。これは、ある日突然新聞の見出しが見えなくなり、立ち上がって畳の上に広げた新聞を見たら鮮明に見出しが読めたという、あの衝撃的な視力減退の日の体験に似ている。

滑《なめ》らかにめくることができて、記事のつながりが滞《とどこお》るもどかしさを感じることなく読める。ただし頭の一角では「おまえはだんだんバカになっているぞ」と悪魔のささやきが聞こえている。

吊るされ鳥との対話

かつての私は、1週間単位でたまった「自己を不快にした感情」を、終夜上映の映画館、サウナ、ビジネスホテルなどでクリアにしていた。

ビジネスホテルでは、私に不快感を与え、モラール（やる気）を甚だしくそいだ相手を並べて立たせ、一人ひとりを柔道の体落としか八丁投げで投げ飛ばし、倒れた相手にのしかかって首を絞める。相手がパンパンと床をたたく（「参った」という表現）まで締め続けた。別の相手にはボクシングで、まずボディブロー、そして右フック、左フックの連打の後、必中のアッパーカットでダウンさせる。

以上は、いずれも私の想像上の営みであって、現実に相手がいるわけではない。そんな勇気は私にはない。ないからこそ、侘《わ》びしいビジネスホテルのベッドの上で柔道の演技を行い、床の上でシャドーボクシングを演ずるのだ。この後サウナに入って、汗とともに1週間の不快感を洗い流し、サッパリして仕事場に戻ってくる。

しかし、このようなことを伝え聞いた仕事上の関係者から、「毎週首を絞められているのは俺か?」とか、「アッパーカットでダウンさせられたのはボクですか?」と本気で聞かれるので、この方法も使えなくなった。

そこで、「カネはかかるが思い切って遠出をしよう」と考え、二つの場所を考えた。一つは長野県白馬岳《しろうまだけ》のふもとにあるワサビ田。もう一つは、岡山県倉敷《くらしき》市にある大原《おおはら》美術館のシャイム・スーティンの絵の前である。

長野のワサビ田は、梓川《あずさがわ》を利用している。ワサビ田は石の田んぼだ。上流から流れてくる川の滋養分が石に付着する。ワサビはこれを肥料にして育つ。こっちの身が引き締まる植物の生育方法だ。

梓川の清流と、厳しい生き方を選んだワサビと、見上げる空との間に万年雪を残すアルプスの山々は、もうそれだけで1週間の不快感を一掃してくれる。侘びしいビジネスホテルの一室で、むなしいひとり柔道、ひとりボクシングでのたうち回るよりも、よほど健康的で清らかだ。

このワサビ田行きは、東京に戻ってからの有効期間が1カ月あるので、〝あずさ号〟の運賃も私にはお得に思える。

大原美術館のスーティンの絵は、倉庫に吊るされた鳥の姿を描いたものだ。鳥は死んでいるのだろうが、私には生きているように見える。なぜなら、吊るされながら私に語りかけてくるからだ。

「また来やがったな、だらしのねえ野郎だ。早く東京に戻って仕事しろ。いつまでも俺のみじめな姿を見てるンじゃねえ」

こんなヤクザな語りかけもするようなやつだから、生きている時もろくな鳥ではなかったのだろう。しかし、私だけかもしれないが、この鳥が吊るされながら発する生気とオーラは、実にすさまじいものを感じさせるのだ。

私がこの絵を見に行くのは、実はこの生気とオーラを、私自身の再生のエネルギーとして吸収するためなのである。

美術館で一枚の絵の前に2時間も3時間も立っていたら、奇異《きい》に思われる。スーティンの絵の前に立つことおよそ15分。名残惜《なごりお》しいがいったん離れて、別館のバーナード・リーチや濱田《はまだ》庄司《しょうじ》の益子焼を見て、また戻る。そして再び15分。

「そのくらいでいいんじゃねえかな。おめえに見つめられてると、俺のほうがきまりが悪くならァ（なるよ）」

ヤクザな吊るされ鳥が悪態をつく。そこで私は引き揚げる。

率直に言うと、私にとっての大原美術館は、スーティンの絵一枚のためだけに存在している。そして、スーティンの吊るされ鳥の絵は、確実に私を再生してくれるのだ。

人生、起承転々

敬老の日に目黒区主催の行事に名誉区民として呼ばれ、80歳になった老人たちに励ましの言葉を差し上げた。

「私は人生を起承転結と考えず、〝起承転々〟だと思っているので、最後の転も一日一日の生命に感謝し、手を抜かずに生きましょう」と話した。転というのは転がり落ちるということではなく、悔《く》いなく生命を燃焼させることだと自身の信条を話した。

政府の発表によれば、90歳以上の老人が200万人に達し、そのうち働いている人が67万人いるという。俺もその一人だと思うと、誇らしい気もするが、スッと首筋を孤独感の風が吹き過ぎるのも感ずる。秋の訪れだろうか。

テレビで、好きな個性派俳優が京都の円山《まるやま》公園を訪ねた旅番組を見た。ばんばひろふみさんが案内に立った。バンド「バンバン」のばんばさんは『いちご白書』をもう一度」の歌で、文字どおり一世を風靡《ふうび》した歌手だ。私にとっても懐《なつ》かしい。

歌詞でも最初に告げるように、歌の土台は『いちご白書』というアメリカ映画だ。黒人が利用している土地への施設建設をめぐる問題に端《たん》を発した学園闘争。州の支配層（知事をはじめとする保守層）と対立する学生たちは大学の体育館にこもる。切り崩しのために州兵まで動員される。学生たちは座り込んだ床をバンバンとたたくことによって連帯の意志を表明する。この繰り返しは胸に響く。

私がこの映画を見たのは初老のころだが、いまでも思い出しては机をバンバンとたたいている。最後のシーンは、力尽きた学生の一人が、包囲した州兵の群れの上に身を投げかけるところで終わる。

あの投身は、裏磐梯《うらばんだい》・五色沼《ごしきぬま》の紅葉や、黄金の褥《しとね》を広げる青森・秋田のブナの黄葉林に、声を上げて投身したい思いをかき立てる。そういう悲壮な美しさがあった。

ばんばさんの歌は、映画のモチーフを正確に伝えてくれた。メロディが何カ所か悲《ひ》愁《しゅう》調に緩く変調する。あの部分はいまも頭の一隅にこびりついている。モーツァルトの「交響曲第40番」のせわしないリフレインを、緩やかに昇華させた気がする。

この番組を見ていたら、前の仕事場時代によく行った飲食店が懐かしくなった。タクシーで、曾遊《そうゆう》の地に乗り込んだ。

「ボラボラ」というレストランがある。オーナーは八百屋《やおや》さんだ。らしくない店名なので由来を聞くと、南方にある同名の島にかつてあこがれたのだという。その理由は島民が島の富を平等に分け合うように島の王様が統治したことだという。

開店の理念に胸をキュンとさせた私は、夜ごと訪ね歩く店の中ではかなりの頻度で通っている。服部さんというプロ野球・広島カープファンのシェフがいて、和洋にわたっておびただしい種類のメニューをこなす。しかも安い。

そして、午前4時まで営業しているので、帰宅恐怖症や〝飲まない・食べない・帰らない〟の客に対しても、店は温かい。午前4時まで突っ伏している客も追い立てるようなことはしない。「これもボラボラ精神だな」と私は受け止めている。

まだまだ生きる

満90歳の誕生日を前に、褒美をもらった。

日本メンズファッション協会の「第15回グッドエイジャー賞」の受賞者に選ばれた。〝起承転々〟（結はない）を信条として、さらに生き続けようと踏ん張っている私には、強く背中を押してもらえる励ましになった。

受賞者は私一人ではなく、ほかに4人おられる。歌手の岩崎宏美《いわさきひろみ》さん、俳優の高橋《たかはし》英樹《ひでき》さん、プロレスラーの蝶野《ちょうの》正洋《まさひろ》さん、生活の木代表取締役の重永忠《しげながただし》さんだ。

賞の選考基準は、①時代に左右されない主張ある生き方をしている人、②いい年を取る生き方を先駆的に実践している人、③時代性と話題性に富んだ人、④魅力ある人間性を備えた人、などだ。

4つのうち③と④には私は当てはまらない。いくつになっても自分の年などは意識したことはないから、①に多少引っ掛かったかも。俺のまねはするなよ、ろくな目に遭わないぞ、と若い人に告げているから。〃いい年を取る〃暮らしには程遠い。

ただ、何を生きがいにしているのかと問われれば、黒澤明《くろさわあきら》監督の映画『生きる』に出てくる、小田切《おだぎり》みきさん演じるアルバイトのお茶くみ役の信条だとは言える。

市役所職員にお茶を入れる彼女は、「私が入れたお茶を飲んだ職員が、本当に市民のために働いてくれたら、こんなうれしいことはない」と思っている。が、職員がその期待に応えないから、町工場に転職する。ウサギの人形を作る。ある日路上で出くわした元職場の市役所課長に、自作のウサギの人形を見せてこう言う。

「ウサギ1羽作るたびに、私は日本のどこかの赤ちゃんと仲良しになるの」

私はこの信条が働くことの原点であり、またそうでなければいけないと思っている。

自分ではまったくそんな気はないが、ときどき「おしゃれですね」と言われる。流行を追ったことはないが、二つだけその時飛びついて、そのまま数十年経った物がある。

一つはダーバンのレインコート。テレビのCMの影響だ。アラン・ドロンがしゃれたレインコートを着て突然の雨に遭う。近くの店に飛び込む。ドアを開けた途端に高らかに流れるピアノの音。弾き手はリチャード・クレイダーマン。曲は「愛のコンチェルト」。レインコートもクレイダーマンの曲も病みつきになった。

すぐ日本橋丸善の地下へ。レインコートはここで売っていた。もう40年は確実に経つ。まだ着ている。一部すり切れたが、このすり切れが味を出している。

もう一つは靴。

すべて銀座のY屋の手縫い。30足くらいある。一足も捨てていない。履けなくなっても愛着がある。

「これが最後です」

手縫い職人さんが数年前にそう告げて退職した。心から感謝。

明日は明日の風が吹く

「自分は本当は何をやりたかったのだろうか（何になりたかったのだろうか）」ということは、折に触れ誰でも振り返ることだ。

私の場合は最初が小学校の教員、次が海軍の飛行機乗り、戦後は自家用機を操《あやつ》っての世界取材（記事と写真をマスコミに売る）などだったが、すべて状況がそれを許さず挫折《ざせつ》した。

言ってみれば挫折続きの人生だ。が、〝昨日は昨日、今日は今日、明日は明日の風が吹く〟という、ノー天気的構えが私の身上だ。カボチャのツルかヒマワリのように、おテント様に向かって伸びていきたい、とつねに願っている。

深夜の目覚めとBSテレビとの付き合いが、完全に定着してしまった。深夜から未明にかけての映画放送には、思わぬ拾い物がある。すべて初見でなく再見だが、初見の時に見落としていた点を新しく発見することが多い。

先夜の『キッド』(米国映画)もその一つだ。先端企業で分刻みの活躍をしているブルース・ウィリス(『ダイ・ハード』の主演)の家の玄関に、ある日複葉(2枚翼)の模型飛行機が置かれる。誰が置いたのかわからない。同じころ、肥満体の8歳の少年が突然家に侵入してくる。どこの誰だかわからない。出ていかない。一日中、ウィリスに付きまとう。

そのしぐさの一挙手一投足がウィリスとまったく同じだ。気味悪がって「おまえはいったい誰なのだ」と詰問すると「8歳のころのあんただ」と答える。バカなとあざ笑うが8歳のころのウィリスの言行や置かれていた状況(家庭や親のしつけ、学校生活など)を正確に再現する。

ウィリスには女友達がいる。しかし何事も能力主義・成果主義で割り切ろうとするウィリスに飽き足りず、関係は足踏《あしぶ》み状態で前へ進まない。8歳のウィリス少年は

「すべてあんたのせいだ。友達もいないし、犬さえ飼えない」と詰《つ》め寄《よ》る。

ドラマの進行中、ときどき複葉の模型飛行機が画面を飛行する。少年と暮らしているうちに、ウィリスはしだいに「本当の自分」を思い出す。そして「自分が本当にやりたかったことは何だろう」と自分の中を探る。

ある夜、いままでは違和感なく同体化している少年と夜の簡易レストランで食事をしていると、一匹の犬が入ってくる。ウィリスに慕い寄る。そして外に誘い出す。いつの間にかレストランの前に小さな飛行場が出現し、模型の複葉機が実用機になってプロペラを回転させている。滑走直前だ。機の外に操縦士がいて犬はそこへ走り寄る。

犬を待っていた操縦士はこっちを向いて笑う。その顔を見てウィリスはハッとする。自分だったからだ。

ウィリスは悟《さと》る。8歳の少年がなぜ現れたのかを。同居して何を悟らせようとしたのかを。ウィリスは「自分が本当にやりたいこと」を思い出す。飛行士だったのだ。

それもジェット機でなく時代遅れのプロペラプレーンだった。

初心に戻ったウィリスは子犬を抱いて女友達の所に行く。女友達がドアを開けるシーンでFO（フェードアウト、終わり）になる。

ありえないメルヘンであり、形を変えたアメリカンドリームなのだが、いつまでも脳裏の隅に解けない雪のような思いの残る映画だ。

私の場合は戦争が起こって「健康な少年」は軍に志願するのが常識、という社会の雰囲気で教員になれなかった。

海軍に入っても終戦間際の基地には乗機がなく、〝雲を墓標《ぼひょう》〟にしたい空への夢も消えた。

戦後通いかけた私立の飛行学校は月謝があまりにも高すぎて断念した。

たとえ8歳の私が現れても、私の場合には実現不可能な〝見果てぬ夢〟なのだ。

童門桜

山形県に白鷹《しらたか》という町がある。新幹線の赤湯《あかゆ》駅を起点とする旧JR長井《ながい》線の終点荒《あら》砥《と》駅が、いわゆる駅勢圏（駅を中心としたゾーン）の核になる。沿線には桜の古木が多い。そのためこの線は〝桜回廊線《さくらかいろうせん》〟という別名がある。

私自身は、この沿線一帯は名改革者といわれた江戸中期の米沢《よねざわ》藩主・上杉鷹山《うえすぎようざん》が最も愛した地域ではないかと思っている。彼が農民に奨励した「米沢織《よねざわおり》」「紅花《べにばな》（染色剤の原料）」「和紙」「漆《うるし》工芸品」などがいまも生産され、派手ではないが、〝なせば成る〟の鷹山スピリットを着実に保持し、後世に伝えている。

白鷹町には〝釜ノ越サクラ〟と名付けられた名木がある。樹齢800年といわれる。在世中の鷹山も見に来たはずだ。治憲《はるのり》という名の彼が、鷹山と号したのは、おそらく白鷹山から採ったのだろう。いま、白鷹山《はくようざん》というお相撲さんがいるがこの地方の出身だという。

ずいぶん前になるが、白鷹町に呼ばれて鷹山の話をした。当時の紺野《こんの》貞郎《さだろう》町長に連れられて、釜ノ越サクラを見に行った。この時、町長が「いま、この桜はちょっと元気がないんです」と告げた。訳を聞くと町長は次のように説明した。

「桜の根は四方に広がっています。その長さは30〜50メートル。町の計画でその上に道路を造りました。往来する自動車の圧力で根が圧迫され、桜は呼吸困難になっているんです」

町長は自分も苦しそうにあえいだ。

「どうするんです?」という私の問いに町長は答えた。

「道路を壊します」

「え?」と私は驚いた。そんなことが簡単にできるはずがない。しかし町長は、「もちろん、町議会をはじめ、町民の理解を得たうえです」と手続きを語った。

町長は言葉どおりにそれを実行した。その後、「サクラが生き返りました。見に来てください」という便りが来て、私はいそいそと出掛けていった。サクラは見事に息を吹き返していた。私は町長の〝勇気あるUターン〟の決断に感動した。

この時、町長は「あなたも桜を植樹しなさい」と勧めてくれた。私は植えた。町ではこの木を「童門桜」と命名した。

それから十数年。「今年も見事に咲きましたよ」と、いまは総務課長に栄進したその時の職員が5月になると（寒い地域なので開花はこのころになる）、必ず写真を送ってきてくれる。植樹はしたが、私自身その後一度も訪ねていないからだ。

今年も白鷹町の総務課長から「童門桜」の写真が送られてきた。広げた枝いっぱいに花が咲いている。最上川《もがみがわ》の上流に当たる地域なので、気候は厳しい。だから風雪に耐え、その季節の間じっと忍んでいた桜の花には、東京で見るような豊かさや華やかさはない。見ようによってはどこか寂しい。しかし「そこにも私の分身がいる」と思えば、私には「童門桜」がいじらしいし、胸にこみ上げるものがあるのだ。

第4章

90歳で誠を知る

ほおずきと焼き鳥の皮

浅草からほおずきが送られてきた。浅草神社（東京都台東区）脇で焼鳥屋を営む女主人の心遣いである。

この焼鳥屋の亭主とは長い付き合いをした。〝浅草の3奇人〟といわれて悦《えつ》に入っていた。「だからおめえ（おまえ）は変わりモンなんだよ」とよくからかった。

店のあきない（経営方法）も変わっていた。全客予約制（それも紹介者が必要）、1日10組（1組2、3人）で終わる、注文は受け付けない。亭主の定めたコース（鳥の刺し身、焼き鳥、鍋）を黙って食わされ、嫌なら二度と来るな、というわけだ。

最初に（紹介者と一緒に）行った時、私が「この野郎」と腹を立てたのは「皮をくれ」と注文をしたら亭主がせせら笑ったからである。おまけに「いい皮なんてものはね、めったには手に入らねぇんですよ」とご託宣《たくせん》を抜かしやがる。

懲《こ》りずに通って3カ月。コースのほかに見事な皮が2本添《そ》えてあった。これにグッときた。

「おい」

「何でぇ」

「ありがとよ」

以来、無二《むに》の心友《しんゆう》となり、死ぬまで付き合った。

この男のおかげで、毎年の三社祭《さんじゃまつり》も社殿脇で宮出し・宮入りを座って拝観できる特別待遇を得た。亭主は必ず「前の夜からうちに泊まんなよ」と2階を提供してくれる。深夜、境内に置かれた3基の神輿《みこし》にキャラコの布が巻かれると、「肩を入れなよ」と棒の下で神輿を担ぐまねをさせられたことがある。

祭の仕切りは神社の境内では新門一家が行い、鳥居を一歩出たら自由になる。そのためかつては待ち構えていたグループに神輿が乗っ取られ沈められた。それを防ぐために、わが焼鳥屋の亭主たちが、そのグループと殴り合いを始める。

「1年に1回、天下御免《てんかごめん》のけんかができる」

亭主はよくそう言っていた。

日仏（というより東京都とパリ市）交流行事として、三社様の神輿がパリのシャンゼリゼ大通りに乗り込んだことがある。亭主も世話係として渡仏した。後日、同行者が私に教えてくれた。

「あの男はパリの大観衆の前で興奮のあまり息子の顔をのぞかせていた」

私は店に行った時にこの話をし「わざとだろ」と言った。亭主はニヤリと笑った。

こんな経営者だからいつもハラハラする。ある時期、私は本気で「この店を潰さない会」を作ったことがある。なにしろ3月に確定申告状況を聞くと「ズボンのベルト1本分程度の黒字でした」と言う。

しかし会に入ってくれたのは、私の知人を除くと、浅草寺境内の鳩の豆売り、売れない芸者、落語の与太郎みたいな靴職人などで、経済的にはほとんど頼りにならない。

結局、会は機能せずに消滅した。亭主も死んだ。

ほおずきを送ってくれたのは、この亭主のかみさんである。横浜のほうの会計士か税理士の事務所に勤めていた。しばしば客としてこの店に通ってきた。経理に明るいだけに、私のような心情的な動機ではなく「何とかしてあげたい」という義憤《ぎふん》に燃えたのだろう。その底ではこの男の奇人ぶりに魅《み》せられたのかもしれない。

いつの間にかこっち側のカウンターから向こう側の台所に入り込んでいた。「そういうのあり?」と聞くと「あるの」と笑う。

亭主が死んでちょっとゴタゴタが起こった。しかしこのおかみさんは手際よく処理した。そして店からちょっと離れた場所で、同じ店名で開業した。それから20年経つ。営業方針は亭主と同じ。だから申し込んでも「満席です」と断られる。例外を認めない。が、私は喜んでいる。

キンメの煮付け

近所のコンビニで買い物したらキャッシャーに「元《げん》」という表示が出た。すぐ「円《えん》」に変わったので聞いてみた。

「中国人もよく来るの?」

「ええ、見えます」

へえと思った。ということは旅行中の中国人が間断なく立ち寄るということなのか、と思う。

同じことは最近〝心の三畳間〟に組み込んだ「一隆」という魚介料理店でも経験した。私はカウンター専門だが、背後に大きなテーブルが何台かある。先日、予約客の箸や皿が並んでいたので、「今日は団体さん?」と聞くと、「いや中国の人。この近くに旅行者の世話をする人がいてね。今日はうちで和食の勉強だよ」と親爺《おやじ》さんが答える。

「刺し身？」

「いや煮魚の研究だね。キンメに関心がある」

「ここの煮付けはおいしいからね」

この店は親爺さんと息子夫婦が店に立ち、勤続25年を超える料理人（とてもそんな年齢には見えない）ほかが働いている。親爺さんも息子も酒は飲まない。朝早くから築地《つきじ》に買い出しに行く。その日のお薦めは2メートルくらいの大短冊に大きな文字で掲げられる。

いちばん高価なのはアワビのバター焼き。次は北海道産毛ガニ。馬糞《ばふん》ウニ、サーロインステーキ、ウナギの白焼き、鰻丼《うなどん》。刺し身はマグロ、タイ、白身の数々。貝も数々。全部大中小の短冊に書かれて壁に掲げられている。この迫力には圧倒される。

親爺さんには人に関して好みがあるらしく、客によっては頼んでもいない秘蔵の品を出してくれる。それもそっとではなく堂々と。私は初入店の日からその栄に浴しているので、頼んだ品はテイクアウトになる。鰻丼など重箱でそのまま持ち帰る。親爺さんはその日の気分でメニュー外の品も作る。たとえばギョーザ。

「食う?」

「頂戴《ちょうだい》。中国のお客さん用?」

「いや、あの人たちは食べない。キンメだ」

「煮付けの方法を学んでどうするの?」

「今日の連中はみな上海の調理人。帰国して店で出すんじゃないかな」

私がこの親爺さんに好感を持つのは、自分の腕と店の経営に確たる自信を持っているからだ。だから絶対におもねらない。中国だけでなく他国の客も来るそうだが、親爺さんの態度は変わらない。

幕末から維新にかけて、佐久間象山《さくましょうざん》や横井小楠《よこいしょうなん》、そして二人の弟子筋に当たる勝海舟《かつかいしゅう》や坂本龍馬《さかもとりょうま》などの開明的な先覚者は、よく〝和魂洋才(芸)〟と言った。あるいは〝東洋の道徳・西洋の科学〟と告げた。つまり、日本人の魂（倫理）を忘れずにヨーロッパの科学知識や技術を採り入れよう、ということだ。しかし明治になると、鹿鳴館《ろくめいかん》に見るように〝洋魂洋芸〟になったこともある。

日本を訪れる外国人は今年（２０１８年）３０００万人を超えそうだ。最大の魅力はこの国の美しい自然と文化であるとともに、それを支える和魂だという。孔子や孟子を輩出した国の道徳的乱れをよくテレビで見るが、日本人の和魂には素朴な道徳心が基盤として据えられている。だから日本人のもてなしの心には揺るぎがない。

店の親爺さんも同じだ。揺るぎのない和魂を客への接待の心としているから、おもねりなどみじんもないのだ。

それにたとえば、キンメの煮付け法を中国の客が体得してそのまま本国で活用したとしても、親爺さんは「パテント料をよこせ」などというセコいことは言わないだろう。泰然《たいぜん》としているはずだ。私はこういう人物に〝頼もしい市民外交〟を見る。こういう人はたくさんいる。

たるみのある生活

「弛度」は専門家（電気関係者）は「ちど」と読んでいる。鉄塔と鉄塔の間に張られた、高圧電線のタルミ（弛み）のことだ。

「ピンと張っておくと、強い風や重い雪で電線が切れ、停電の範囲が広域になります。弛度はその予防策です」

現場の修復に携わる電気労働者に教えられたことがある。これはいい教訓だ。以来、研修や講演の時に使わせてもらっている。

「組織や職場がピンと張りつめていると、いつか切れます。職場は停電状況になります。弛度が必要です。緩み・弛み・ゆとりです。職場だけでなく人間にも必要です」

そして〝弛度人間〟の代表としてフーテンの寅さんや、『釣りバカ日誌』のハマちゃん（浜崎伝助）の言行を語る。ビジネスパーソンの大半が二人を知っており、まだウケる。（当分は大丈夫かな）と思っている。

歴史にも弛度人間はいた。江戸時代、京都の祇園《ぎおん》さん（八坂《やさか》神社）の境内《けいだい》に、「女歌人茶屋」と呼ばれる茶店があった。祖母・母・娘と家業が伝承された。祖母も母も男運に恵まれなかった。好きで愛し合った経験はあるが、一緒になれずそれぞれシングルで過ごした。

そのため祖母も母も「娘だけは幸福になってほしい」といつも願っていた。共に歌才があって、御所のお公家《くげ》さんに手ほどきをしてもらい、専門家の評価に堪える歌を作った。これを短冊に書いて店にぶら下げた。そこで、女歌人茶屋と呼ばれた。

ある時、境内の一隅に若い貧乏絵師が店を開いた。店といってもゴザを敷いて作品を並べただけの、露天画廊だ。娘は絵が好きなので、暇があるとよく見に行った。ある日、絵師が茶店に来た。

「ちょっと店の留守番をお願いしたいンですが」

「いいわよ」

母親がOKする前に娘が引き受けた。娘はゴザの上に座ったまま売れない絵の番をした。そのまま1カ月が過ぎた。3カ月が過ぎた。青年絵師が戻ってきた。

「遅くなってすみません」

母親が怒った。

「あなたのちょっとというのは、3カ月のことなの？」

「旅先で大雨に遭って川止めになったものですから」

「旅ですって？　いったいどこで何をしてきたの？」

「富士山を描きたくて。それでちょっと旅に」

母親があきれたのは絵師に対してだけではない。そんな絵師をホレボレと見ている娘に対してもだ。3カ月の間、娘は懲《こ》りもせずにずっと店番を続けたのだ。

数日後、絵師がまたやってきた。

「またちょっとの店番？」

母親が目をむいた。

「いいえ、娘さんを嫁にください」

母親は声を失った。しかし娘はぜひ行きたいと母親の体を揺すってせがむ。結局は母親も折れて祝言《しゅうげん》を店で行った。ところが絵師は酒が飲めないという。

「祝言の盃はどうするの？」

「水でやりましょう」

「水盃？　あきれた」

そこで茶で祝言をした。

青年絵師の名は池大雅《いけのたいが》。娘の名は町《まち》だ。母は百合《ゆり》。百合は二人のために円山の一隅に家を一軒用意した。

二人の仲は睦《むつ》まじく、夜になると夫の大雅が三味線を弾き、妻の町は琴を奏でた。この合奏《がっそう》は近隣の人々の心を和《なご》ませた。

大雅は「一点の俗悪の気なし」といわれた純粋人間だ。ある時、奈良に赴《おもむ》く大雅が筆を忘れた。彼は「わしが描くのではない。筆が自然に描くのだ」と言っていたくらいだから何よりも筆を大事にする。

町は懸命に追いかけた。建仁寺《けんにんじ》の前で追いついた。「筆をお忘れです」と渡すと、すでに画題の中に没入している大雅は、ぼんやり応じた。

「どちら様か存じませんが、ありがとうございます」

町は「何言ってンのよ！」とイキまきはしない。黙って去る夫をほほ笑んで見送った。夫も、妻も、弛度人間だった。

長老だけが持ち続けたもの

歴女（歴史好きの女性）や歴チル（歴史好きのチルドレン）などを、より一層歴史好きにするためには、〝誰もがよく知っている人物の、あまり知られていない話〟を紹介するのが、いちばん効果があるという。

織田信長《おだのぶなが》が合戦に赴《おもむ》く時、領内の畑で農民が高イビキで寝ていた。ポカポカと暖かい日で、日ごろ疲れている農民にとっては土の上が何とも気持ちのよい寝床になっていた。

信長の家臣が見とがめた。「領主が合戦に赴くのは領民のためだ。それを高イビキで見送るというのは不届き千万、血祭りにたたき切りましょう」とイキマいた。

が、信長は笑って止めた。

「やめろ」

「なぜですか」

「俺はこういう光景が大好きだからだ。俺の国では、いつも領主の出陣を領民がイビキで見送るようにしたい。放っておけ」

私の好きな信長の一面だ。これを信長が天下事業を目指した動機、すなわち天下人への初心と考えたいからだ。

信長の後継者、秀吉《ひでよし》にもこんな話がある。

秀吉が最初の城主になったのは、近江琵琶湖畔今浜《おうみびわこはんいまはま》（秀吉は信長の名から一字取って長浜《ながはま》と変えた。同時に自分の木下《きのした》という姓も羽柴《はしば》と改めた。羽は織田家の重臣・丹羽長秀《にわながひで》から、柴は同柴田勝家《しばたかついえ》からもらった。彼にとって姓名は符丁《ふちょう》のようなものだった）。

彼の出身は尾張国中村（現・愛知県名古屋市）という農村だ。地元では「日吉《ひよし》（秀吉の幼名）がお城の主になった。お祝いを届けよう」と大騒ぎになった。「何がいいだろう」と祝品選びでもめた。長老が「日吉はこの村のゴボウが大好きだ。ゴボウを持っていけ」と言った。代表がゴボウを届けた。秀吉は大喜びした。

やがて秀吉は天下人になった。京都の聚楽第《じゅらくてい》に住んだ。また祝い物の話が出た。ちょうど越前《えちぜん》の羽二重《はぶたえ》が流行品だった。村の代表が皆の出し合ったカネを持って越前へ買い付けに行った。それを秀吉に届けた。秀吉は庭の土を踏んで怒った。

「こんな物は京都ですぐ手に入る、中村は生まれ故郷なので村の年貢《ねんぐ》を大幅に軽減している、しかしこんな高い物（羽二重）が買えるのなら、減税は廃止する」

さんざんな怒りようだ。代表は逃げるように村へ戻った。再協議した。今回相談しなかった長老の所へ行った。長老は言った。

「ゴボウを持っていけ」

そのとおりにした。秀吉は喜んだ。こう告げた。

「ゴボウには俺の天下人としての初心がある。ゴボウを見ていれば貧しかったおまえたちとの村の暮らしを忘れない。俺に初心を忘れさせるな。年貢は負けてやる」

共に私の好きなエピソードだ。ただし信長や秀吉が最後までその初心を忘れなかったかどうかはわからない。

私の脳裏《のうり》にいつも浮かぶのは中村の長老の姿である。一時期は村人の尊敬の的であり、何かにつけて相談相手であり、現場で欠くことのできない指導者だった。

それが地元出身の秀吉が出世するにつれて、村人全体が浮かれてしまった。だから遠い越前まで流行品を買いに行くのだ。この時の村人は完全に長老の存在を忘れている。浮かれた彼らにはもはや長老の知恵者としての機能は必要なくなっている。それは村人自身が〝初心〟を失ってしまったからだ。

長老だけはそれを保持していた。村人から見放され、見限られても孤独にその気持ちを持ち続けていた。

一方の秀吉も晩年にはこの〝初心〟を失っていた。溺愛《できあい》する子の秀頼《ひでより》に政権を譲りたいために、もはやゴボウどころではなかった。公心から私欲に初心が大変化してしまった。

風度百様

論語に「子曰わく、民《たみ》はこれに由《よ》らしむべし、これを知《し》らしむべからず」という言葉がある。

政治に結び付けると「人民は従わせておけばよく、その理由を説明する必要はない」と解釈された。その非民主性が問われ、特に後半は「情報公開の必要なし」と解されて、削除してしまった辞書もある。

しかし論語の解説書では「人民を従わせることは易しいが、その政令の趣旨を理解させることは難しい」と説いている学者が多い。私はこの解釈に共感し、さらに「趣旨を」の後に「全員に」という言葉を加えている。

政府が課題について「懇切丁寧《こんせつていねい》に説明する」と口癖のように言っているのも、同じ悩みを持つからだろう。

江戸時代、幕府の教育機関は大学頭《だいがくのかみ》・林家の私塾、昌平坂《しょうへいざか》学問所だった。林家はこの私塾を幕府直轄（国立）にしたくてしばしば願い出た。この嘆願《たんがん》が八代将軍・吉宗《よしむね》の所まで行った。吉宗は聞いた。

「聴講者はどのくらいいるのだ？」

「1日に5人から8人でございます」

「少ないな、なぜだ？」

「学問の大切さをわきまえないからでございます。上様から幕臣と大名に、学問をせよとお命じになっていただきとうございます」

「バカな。わしはそんなことはせぬ」

首を横に振った吉宗はこう言った。

「教え方が悪いのだ。何をという内容ばかり講義して、いかに伝えるかという伝え方の工夫・努力を欠いているから、講義が面白くない。塾に行かなくてもわしにはわかる」

痛烈な学者（教育者）批判だった。昌平坂学問所の国立化は流れた。後に寛政《かんせい》時代になって老中・松平定信《まつだいらさだのぶ》（吉宗の孫）により、幕府直轄になる。

私は長年、茨城県つくば市にある文部科学省の「教員研修センター」の講師を務めている。全国の公立学校の校長さんや副校長さんが対象で、「歴史に見る教育者」がテーマだ。私は決まってお願いをする。

「先生方に伝えてほしい。子供たちが〝この先生の言うことなら間違いはない〟と思うように、一人ひとりの先生が自分の〝風度《ふうど》〟を高めてくださるように。同じ内容の話をして、A先生の時は子供たちは静かに聞き、B先生になったら私語したり足をバタバタ動かしたりするのは、B先生の風度が低いからです」

風度というのは、古い歴史文書に散見する言葉だ。武将たちのキャラ（性格）をいうもので、周囲に〝なら〟と思わせる〝らしさ〟のことらしい。だから一人ひとり違う。１００人いれば百様の風度がある。

さらに一人ひとりにとっても「加齢に応じた風度」がある。立場（職位など）によっても変化させなければならない。職場でも課長の時の風度と社長の時の風度はまったく違う。

生涯学習というのがある。行政主導による生涯学習の中には、趣味の助成のようなものもあって、「こんなことに税金を使っていいのかな」と思うこともある。私は「自己の風度を高めることが、本当の生涯学習ではないのか」と思っている。「あの人の言うことなら信頼できる」「あの人の言うことなら協力しよう」と周囲の人々に思わせるオーラを発散できる風度の練磨《れんま》が、万人の生涯学習の目的だ。

リーダーシップに関するテーマの講演では、必ずこの〝風度の培養《ばいよう》〟に触れている。珍しい言葉のせいか、事後の感想は風度に関するものが多い。

最近「社内における末端までのＰＲの難しさ」の記事を読んで孔子の言葉を思い出した。何をという内容をいかに伝えるかという、伝え手の人格（風度）の必要性を痛感する。

変えず、変わらず

俳聖《はいせい》・松尾芭蕉《まつおばしょう》に「不易流行《ふえきりゅうこう》」という有名な俳論がある。先学の解釈にも諸説あるが、私は私流に次のように解釈している。

・私(芭蕉)は作句において不易を目標にしているが、必ずしも流行を否定しているわけではない。
・だから門人たちは遠慮《えんりょ》せずに流行的俳句を作るがよい。
・ただしその句は、いまは流行であっても、時が経てばいつの間にか不易と呼ばれるものであってほしい。

芭蕉が生きた元禄《げんろく》年間は文芸隆盛の時代だ。時の将軍（五代）綱吉《つなよし》の好学のせいもあって、俳句も盛んだった。特に江戸にいる門人たちは時流を意識し、迎合的な華やかな句を詠《よ》んだ。茶道の侘《わ》びにも似た枯淡《こたん》を趣意とする芭蕉の句風に背くものとして、門人たちの中にはこの風潮を批判・非難する者もいた。これに対し芭蕉が「不易流行」の論を唱えたのである。

不易というのは「変わらず、変えず」という意味だ。流行は「はやる」ということで、「時流に乗る、おもねる」の意味だろう。不易には永遠性があり流行は一過性だ。私は芭蕉の考えを、二者択一でなく両者併存としてみた。しかし難しい。

なぜなら私の考えでは「流行の中にも不易性を含ませろ」ということになるからだ。言葉を変えれば、「一過性の中に永遠性を根付かせろ」ということだ。

そのためには目前の現実を直視し、的確な対応が大事である。が、その現実対応が実はかなり長期的視野に立った、将来の見通しからの逆算でなければならない、ということになる。芭蕉はかなり無理なことを求めているのだ。

ということは本心では流行を否定しているのだろうか。ところが芭蕉の句の多くが、アップ・トゥ・デート（今日的）なものであり、いわば流行の範疇《はんちゅう》に入る。おそらく「芭蕉先生の句はいつも新しい。みずみずしい」と当時の人々をうならせたに違いない。それだけでなく現代の私たちをもうならせる。なるほどと実感が湧き、遠い元禄の世の作品だとは思えない。ということは芭蕉自身が「不易流行」の見事な実践者なのだ。

実を言えばこの「不易流行」は、私の生業のそうありたいという指標になっている。たとえばいまの私は文章を書くだけでなく、講演もかなり行っている。テーマは書くものとほとんど重なっている。

しかし講演の場合には落語の枕的出だしで、話の最初に必ず〝ご当地ソング〟を入れる。開催地にまつわる伝承や、地域出身の歴史上の人物などのエピソードを話す。それも「聞き手がよく知っている人物のあまり知られていないエピソード」を話す。明らかにサービスだ。

その根底には太宰治の言う「人を喜ばせるのが、何よりも好き」という目前者サービスの精神があるのだが、話が総体的に「流行」的になるのは明らかだ。

かつてある尊敬する編集者に「講演が多くなると書くものの質が低下するよ」と言われたことがある。この言葉はいまだに骨身にコビリついている。が、コビリついてはいるが、この二つ（文章と話）を何とか統一・整合・融合させられないか、というのもいまの私の願いなのだ。願いというよりも悲願に近い。なぜそんな願いを持ったか、理由がある。

40年くらい前に、私は美濃部亮吉・東京都知事（当時）のゴーストライター（演説などの草稿書き）を務めたことがある。最初に書いた原稿はあっさりクズかごに捨てられた。その理由を知事はこう告げた。

「都民が耳で聞いてわかる文章を書きたまえ」

これがコビリつき、その実現が悲願になっている。

隣に人がいなくても

山県有朋《やまがたありとも》は日本陸軍を創設し、また内務省を核に日本の官僚制を整備した人物だ。高杉晋作の〝長州奇兵隊〟の軍監《ぐんかん》あたりから頭角を現し、最後は明治の元勲《げんくん》として政府の頂点に立った。

死んだ時、国葬になった。が、参列者はあまり多くなかったという。

吉田《よしだ》松陰《しょういん》の松下《しょうか》村塾《そんじゅく》にも入ったが、同門の俊才たちからは「山県はただの棒っ切れだ」と軽んじられていた。そのころの彼は学問よりも槍術《そうじゅつ》にハマっていて、将来は、槍《やり》の先生になりたいと願っていた。しかし松陰に槍の技術を期待するのはお門違《かどちが》いで、山県のほうも戸惑った。「槍の達人になるのなら、松下村塾に行け」と勧める友人がいて、その言葉に従ったからだ。

こういう頓珍漢《とんちんかん》なお節介者は現在でもいる。山県は酒も弱かったようだ。維新《いしん》前の山県はかなり孤独だったという。彼は自宅の庭に木を植えた。植え続けた。木は林になった。この前に小屋を建て「無鄰菴《むりんあん》」と名付けた。彼はこの庵《いおり》から眼前の林を眺めるのを好んだ。

無隣というのは『論語』の〝有隣《ゆうりん》〟をアイロニー化したものだ。論語は〝徳あれば隣あり〟と告げている。つまり「人徳があれば黙っていても、隣に慕う人（それも単数でなく複数）が寄ってくる」という意味だ。

山県は「自分には徳がないから誰も寄ってこない」と自覚していた。

これは負け惜しみでもヒガミでもない。彼は自分の孤高性をよく知っていた。奇兵隊のころは仲間とよく馬関《ばかん》（下関）へフク（下関では濁《にご》らない、フグとは言わない）を食べに行った。ところが山県は「毒にあたると嫌だ」と言ってフクを食べない。自分だけタイの鍋を作ってもらって、自分だけの七輪《しちりん》を用意してもらったという。

かわいくない。皆「あいつは変わり者だ」と言って遊んでくれなくなる。

そう扱われても山県は平気で、家に戻ると無鄰菴にこもって林と向き合う。そして木々に「俺の気持ちをわかってくれるのは、おまえたちだけだ」と語りかける。この木との対話は山県の精神形成に大きな影響を与えたという。

彼の木好き庭好きは京都や東京でも発揮される。京都南禅寺前の無鄰菴は山県の別邸だが、いまは観光客の狙い目になっている。東山の山脈を借景とする壮大な庭であり、名園なのだ。東京では文京区の椿山荘《ちんざんそう》が山県の別荘だった。ここの庭も名高い。

彼は総理大臣も務めたが徹底して〝政党嫌い〟だったという。同じ長州出身の伊藤《いとう》博文《ひろぶみ》は逆に政党政治を好んだから、よく対立した。そのため政府官僚の中には、山県を敬愛する者がいまでも絶えない、という話を聞いたことがある。

私は昔から「官僚制と官僚主義は別なものだ」と思っている。官であろうと民であろうと、組織が編《あ》まれれば当然秩序維持のための、ルールや規制措置が設けられる。これが官僚制だ。だから民間会社にも官僚制は存在する。

しかしこれに慣れると、仲間同士のなれ合い、派閥《はばつ》作り、客や住民に対してのゴマカシ・時間稼ぎ・あいまい化（「検討します」「時間をください」「うちの所管ではないので」「いま、担当者がおりませんので」など）が行われる。

これが官僚主義なのだ。ということはこういう悪習も役所だけではなかろう。世の中のどこにでもある。

私もよく孤独になる。

そんな時は近くの公園に行ってベンチに座り、園内の古木《こぼく》と対話する。

いま山県を評価する向きは少ないが、公園内で一人〝無隣〟のことをよく考える。

運命に逆らって

「最後まであきらめない」というのが、ちょっとした流行語になった。

スポーツ界で、その言葉を信条とする選手たちが、まさに土壇場《どたんば》で奇跡と言ってい い逆転勝利を手にした。高校野球やオリンピックのいくつかの種目で選手がこの言葉 の効果を実証した。職場でこの言葉をつぶやきながら、なかなか日の目を見ない仕事 にいそしむコツコツ組には、どれだけ励《はげ》みになったかわからない。

二宮金次郎なら「天の理（運命）に対する人間の理（努力）の勝利だ」と言うだろ う。金次郎は少年時代に、家の近くを流れる酒匂川《さかわがわ》の洪水で、田畑を含む財産の一切 を失った。両親も死に幼い二人の弟を彼が養育しなければならなくなった。

叔父に雇われた彼は、水車小屋で米や豆をひく。そのうちに有名な〝天の理と人間の理〟を発見する。水車が回転するのは、水は低きに流れゆくという〝天の理〟によっている。しかしそれだけではない。なぜなら水車が天の理によるだけなら、そのまま下流に流れてしまうからだ。水車は流れずに設置された場にとどまり、回転を続けている。これには〝人間の理〟が働いているからだ。

水車の下半分は川の中につけて天の理に従わせる。しかし上半分は水上で人造の装置として活用する。これは水車を下流に流し去ろうとする、天の理に背くものだ。つまり人間の理は、時に天の理に背くこともあるのだ。

この考えは「稲と雑草」についても適用される。

・春に植えた稲は夏に大きく育つ。

・しかし育つのは稲だけではない。稲の脇に雑草も育っている。これは天の理による。天は稲も雑草も区別しない。生きとし生けるものを平等に生かすのが、天の理だからだ。

・しかし人間は雑草を引き抜いてしまう。稲の滋養分を雑草が横取りするからだ。雑草はそのまま枯死《こし》する。したがって雑草を引き抜くということは、雑草の生命を絶つということであり、明らかに〝万物を平等に育てる〟という天の理に反する。

と金次郎は告げる。別の表現をすれば「天の理は温かいが、人間の理は時には鬼のように非情になる」ということだろう。

これ以上の絶望と落胆はない、という過酷な状況（天の理による境遇）を体感した金次郎は、しかし決して落ち込んだままにはならなかった。

普通の人間なら「これも運命だ」とあきらめる。私がよく引用するフランスの戯《ぎ》曲家《きょくか》シャルル・ヴィルドラックの、「運命は従う者を潮に乗せ、拒む者を曳いていく（従っても従わなくても、運命は自分の意思を貫く）」という諦観《ていかん》を是《ぜ》とするだろう。

金次郎は違う。まず人間生活を不幸にする天の理には従わない。拒む。運命（天の理）が無理やり引きずろうとしても拒む。引きずられながら拒み続ける。そしてそこから脱する方法を探し求める。その方法を彼は〝人間の理〟と名付ける。おそらく彼は「ダメだと思ったらダメになる」という考えだ。そしてその瞬間も「ダメだと思った時がその時だ」と言うに違いない。

しかしそうはいうものの、「運命に背《そむ》く」とか、「天の理に反する」とか言えば、何か大それたことをしているような、罪悪感を持つだろう。ルンルン気分で、どうだ？とほかに誇《ほこ》るような気分だったとは思わない。

金次郎もヒューマニストだから、生命を奪った雑草に対しても、つらい気持ちを持っただろう。

金次郎の生き方を、私はよく宮本武蔵《みやもとむさし》の生き方に重ねる。しょせん自分の生き方を貫《つらぬ》くというのは、〝孤独の道〟をたどるということなのだ。それもすさまじい道だ。

上杉鷹山のモチベーション

朝飯のとき、時に冷蔵庫の上に積んである「災害用備蓄食材」に手を付ける。湯を注げばいいラーメン、そば、ご飯、カレーなどの中から選ぶ。いちばん減るのはご飯とカレーだ。

減り具合を見て近くのコンビニに補給に行く。私は古い映画『虹を掴《つか》む男』でダニー・ケイが演じた主人公のように連想力が豊富なので、物を買っているとたちまちいろいろなことを連想する。ただし映画の主人公と違って、私が連想するのはかつての経験からくる思い出である。

湯を注ぐ麺《めん》類の中に具が入っている。その具の製造会社に講演を頼まれたことがある。三重県の山裾《やますそ》にあった。

聞き手の中に車いすの人が多くいた。社長さんの希望は「上杉鷹山の話」だった。私は鷹山の自己激励のための火種《ひだね》のこと（人間は絶望的状況にいても必ず奮い立てる希望の火種を持っている、という彼の積極性についての話）と、妻に対する15年の介護ぶりのエピソードを柱にして話した。

帰りには聞き手（社員）が玄関まで送ってくれた。中心に社長さんがいた。車いすの人たちがもたれるようにしてその社長さんを囲んでいた。信頼そのものだ。この会社は法定の雇用義務を超えて、たくさんの身体障害者を社員にしていた。あの玄関風景はいまでも頭に焼き付いている。

鷹山の妻は15歳で結婚し30歳で死ぬ。知能と発育に障害があった。鷹山は夫としてこの妻を障害のある幼女のように介護した。自製の紙の折り鶴や布で作った人形を与えた。布の人形はてるてる坊主のようなもので、目鼻口は描いていない。ノッペラボウだ。

妻は人形を手にすると、化粧道具の口紅《くちべに》や眉墨《まゆずみ》を手にする。自分の顔を手鏡に映し、せっせと化粧道具で人形に顔を描く。でき上がると鷹山に示す。「鏡に映った顔を描きました。ですからこのお人形さんは私なのですよ」という意思表示である。

鷹山は感動する。それは「妻は自分の中に潜む異能《いのう》を掘り起こした。異能というのは絵を描く才能だ。人間はやる気さえ起こせばどんなことでもできるのだ」という感動である。

私は、この感動が彼の有名な言葉「なせばなる　なさねばならぬ何事も　ならぬは人のなさぬなりけり」の発祥だと思っている。

研究者によればこの〝なせばなる〟は鷹山のオリジナルではなく、戦国末期の文化大名細川幽斎《ほそかわゆうさい》や、江戸初期の陽明学者《ようめいがくしゃ》熊沢蕃山《くまざわばんざん》の言葉にもあるそうだ。不勉強な私はまだ確認していない。

火種の話は、彼自身が入国の日に雪の峠《とうげ》でたばこ盆《ぼん》を見て発見するのだが、いずれにしても改革のモチベーション（動機づけ）は、身近な所にあるということである。あるにもかかわらず気がつかない、発見できないということは、そのニーズを湧かせるだけの飢《う》えと、その飢えを感じさせる緊張感を欠いているということだろう。

私たちは何かしようとする時に、得てして高い所や遠くを見がちだ。しかし青々と見えた遠くの芝生も、近づいてみれば禿《はげ》チョロのチョボチョボの園でしかない。近づいた人は「こんなことなら自分の芝生に戻って苗をたくさん植えたほうがいい」と思う。

こんな話はイヤというほど聞かされてきた。が、なぜか私たちは実行しない。できない。フラフラと遠くへ行ってしまう。私自身がそうだ（った）。

長年の健康への過信のため、その罰を受けた。いま私が悟ったのは、自分の身体への謙虚な配慮《はいりょ》と身近なことへの心遣いである。

空想と現実の間

若いころに見たダニー・ケイ主演の映画『虹を掴む男』は、目前に展開していることから突拍子《とっぴょうし》もない夢想の世界に入り込む性癖《せいへき》のある人物の話だ。私にもこの性癖があって、人と話をしているとよく相手から「俺の話を聞いてる?」と注意される。

この映画の原作はジェイムズ・サーバーの短編小説。数十年前に映画化されて日本でも上映された。「あの癖は俺にもある」とケイに自分を重ねて、妙《みょう》な共感を覚えたことがある。

最近、深夜(というより未明)のBS放送で『LIFE!』という映画を見た。見終わって目が冴《さ》えてしまった。感動したためだ。

BSを見た翌日、私はある映画好きに『LIFE!』の話をした。自分の感動を伝えた。相手は「うん、あれはいい映画だ」と言った後、「ただしリメークだよ」と応じた。聞き捨てならない。

「リメーク？　何のだ？」とこっちは目を角立てる。

「『虹を掴む男』さ」

淡々と告げる相手に私は言葉を失った。

『ＬＩＦＥ！』の主演・監督はベン・スティラー。目玉の大きい個性派俳優だ。映画の中身は休刊直前の『ＬＩＦＥ』誌にまつわる話である。16年勤めてきた写真管理者（スティラー）がクビを宣告される。彼には〝ドリーム・メーカー〟あるいは〝トム少佐〟のあだ名があった（ここでリメークだと気づくべきだった）。新経営陣は最終号の表紙写真をこの男に任せる。

しかしその素材は名カメラマンの撮ったフィルムの中から、25番と位置づけられた写真にすると指示された。が、その25番のネガがない。映画はそれを探す主人公の空想と現実を交えた冒険話なのだが、オチがある。

主人公は名カメラマンの行方を追う。そしてヒマラヤの高峰《こうほう》で名カメラマンに遭遇する。演ずるのはショーン・ペン。スゲエ存在感で圧倒される。私が感動したのもペンの短い出場と、そこでのたまう人生哲学についてである。

彼がこんな高峰に登ったのはユキヒョウを見るためだ（ヘミングウェイの『キリマンジャロの雪』を思い出す）。幻《まぼろし》の獣《けもの》でなかなか見られない。大きな望遠レンズを構えたまま、じっと待っている。

奇跡的にヒョウが現れた。ペンは訪ねてきた男にのぞかせる。自分は慌てない。シャッターも切らない。なぜ？　という顔をする主人公にペンはこう語る。笑顔で。「自分があこがれたものに出会えた至福《しふく》の瞬間は、カメラなんかに邪魔《じゃま》されたくない」（意訳）

カメラマンで名を成したくせに、ペンさんはそうのたまうのだ。

そのカッコよさ。重量感のある笑顔。私は自分の日常を振り返って思わず「小セエ小セエ、生き方がセコいぞおめえは」と、自己否定した。

情熱と好奇心のダザイスト

冥加《みょうが》に余る講演をした。青森県つがる市からの依頼で、テーマは「太宰治の言葉」。こんな仕事はめったに来ません。私は70年来のダザイスト。信条は「起承転々へ結なしでストップがかかるまで、転がって生き抜くつもり」。それを支えるのが太宰の言葉だ。3つの名言がある。

①かれは人を喜ばせるのが何よりも好きであった！
②微笑もて正義を為せ！
③私はなんにも知りません。しかし、伸びて行く方向に陽が当るようです。

私が、絶望したりそこからはい上がったり、勤めていたころ、非情な人事を行って、夜七転八倒の自己嫌悪に身もだえをした時にも、活力を再生してくれた言葉だ。

①は黒澤明監督の映画『生きる』に出ていたお茶くみのアルバイト・小田切みきの信条にリンクさせている。住民のために生きていない、職場の〝死んでいる〟職員に愛想を尽かして、みきさんは退職して町工場へ行く。そこでウサギの人形を作るたびに彼女は「また今日も、日本のどこかの赤ちゃんと仲良くなっちゃった」と、山口百恵《やまぐちももえ》さんの「いい日旅立ち」みたいな気分になる。しかしこの感覚はすべての労働の目的になりうるし、私自身もそういう気持ちで働いてきた（いまも）。

②は居丈高《いたけだか》に人を責めないということだ。鬼の首でも取ったように小さな失敗をとがめ、人を決め付ける人がいる。在勤中、私は職場で失敗を犯した者に対して「これは誰がやったんだ！」と声を荒らげたことはない（もしあったならこの場でお詫《わ》びする）。起こったことを協同で解決しようとする主義だ。

③は太宰がそこまで考えていたかどうかわからない。が、私は、お天道様《てんとうさま》の光（陽

光）が当たっていく所へ歩いていくのではなく、「自分の行く所には必ず陽が当たるんです」と言っているように受け止めている。相当な自信過剰とノー天気な発想だ。

しかし「撰《えら》ばれてあることの恍惚《こうこつ》と不安と二つわれにあり」（ヴェルレーヌ）と自認していた太宰にすれば、そのくらいの自信と矜持《きょうじ》は持ちかねない。またそのほうが彼らしい。

私は歴史上の人物を見るのと同じように、彼の非社会的言行にはいっさい目を向けない。知っていても黙殺《もくさつ》する。人間としてのバランスシートは作らない。私にとって勇気づけの言葉だけを大切にする。彼の言葉はすべて、悲しみの底でのたうち回る、この世での傷の痛さを知る者のうめきだからだ。

講演の締《し》めくくりに、私は3つの言葉をさらに、サミュエル・ウルマンの『青春の詩』と、コンスタンチン・ゲオルギュの小説『二十五時』にリンクさせて話した。

「青春とは年齢ではない。好奇心と情熱さえあれば、その人はいつも青春なのだ」

「たとえ世界の終末が明日であろうと、私は今日もリンゴの木を植える」

第5章

90歳で縁を知る

落葉の親孝行

居住地（東京都目黒区）の役所から、〝老人の日のつどい〟の案内が来た。私はかなり前に名誉区民に選ばれているが、一切の公式行事への出席は辞退してきた。「それでよければ」と、当時の区長さんに希望を出して名誉区民をお受けしたのだ。

というのは表向きで、本当は「そんな栄誉に値するような生存実績はない」と自認しているからだ。だが今年は出席する気になった。

「思えば遠くへ来たもんだ」という歌があるが、まったく「思えば長生きしたもんだ」である。太宰治は「生れて、すみません」とか「恥の多い生涯を送って来ました」と言っていたが、私にもその感がある。

フーテンの寅さんのせりふに「それを言っちゃあおしまいよ」というのがあるが、

私はいまもその〝おしまい〟ばかりやっている。

夜は自己嫌悪と自責の念で七転八倒、身もだえしている。講演の時に「ペンネームの童門は、ろくなことをしないので、ドーモスイマセンの意味です」と言って笑いを取っているが、そう言いながら「本心だ」と思うことがしばしばある。

そういう繰り返しをしながらも私がしぶとく生きてきたのは、「いてもいいだろこんな奴」と、反省のたびにつぶやいてきたからだ。

さて、案内状をもらった〝老人の日のつどい〟に参加したいと思ったのは、私が心の師とする、ある歯医者さんに会えるだろうという期待があるからだ。

まだ訃報《ふほう》を聞かないからご健在のはずだ。私より7、8歳若い。かつて歯科医大附属病院で、虫歯で苦しんでいた私の面倒を見てくれた。山梨県に実家があり、山も持っているという。

「山に杉ばかり植えてもダメなんです。クヌギやナラの落葉樹も植えないと、山の水分が不足します。それに落ち葉は今年生まれた幹の子供でしょ。それが秋に散って土に溶《と》ける。幹の根元でこやしになって、今度は親の木を養うんですよ。こんな親孝行な話がありますか。落ち葉を見るたびにジーンときますね」と語る、独特な哲学を持っている。

「故郷に富士五湖があります。冬になると山中湖なんかが完全に結氷しました。こっちの岸からあっちの岸へ歩いて渡れました。穴を掘ってキンタマ火鉢を股に挟みながら、ワカサギ釣りもできました。でもいまはダメですね」

ダメな理由は地球の温暖化だけではないという。この先生によると、「完全結氷は3つの条件が満たされなければダメ」なのだという。

3つの条件として、まず寒波が押し寄せること。次に、水量が湖のキャパシティ(容量)に適合していること。「そして」と先生はいったん言葉を切って「湖自身が凍ろうと自己努力をすること」とニコリと笑った。

聞いた時、私は先生が歯の治療にかこつけて「おまえさんももっと歯を磨きなさい」と言っているのだと受け止めた。が、いまは違う。自然愛の強いこの先生は、本気でそう思っているのだとわかる。

現在区内で開業している。「仁術の先生だ」とのうわさが高い。オール入れ歯にしてもらってから、あまり接触する機会はなくなったが、年に1、2回ハガキのやり取りはある。「こういう日本酒が手に入ったので、月見を兼ねて試飲会をやります。いらっしゃい」と誘ってくれる。

こういう先生こそ名誉区民になってほしい。

今年、私がつどいに出席しようと思ったのは、来年は生きているかどうかわからないからだ。会っておきたい一人なのである。

「先生は毎年必ず出席されています」と区の職員が教えてくれたのだ。

二人で踊った阿波踊り

中一弥《なかかずや》さんが亡くなった。１０４歳の現役挿絵画家だ。私の指標の一人だった。年齢だけでなく人柄に対してである。一緒に阿波踊《あわおど》りを踊ったことがある。

徳島新聞に時代小説（『よしこの太平記』。単行本では改題して『蜂須賀重喜《はちすかしげよし》』）を連載した時、中さんが挿絵を描いてくださった。中さんの画風が妖艶《ようえん》なものから、南画《なんが》風なものに変わったころのことだ。

新聞社から阿波踊りへの招待がきた。条件がついていた。

「お二人で踊ること」

生まれて初めての経験だが、〝当たって砕けろ〟で、とにかく行くことで合意した。

飛行機が空へ昇ると中さんがモジモジして聞く。

「大丈夫でしょうね」

「何がですか?」

「この飛行機、落ちませんよね」

「大丈夫です。僕もいま落ちられると困りますから」

「そうですよね」

一応安心したものの中さんは落ち着かない。しきりに胸のあたりに手をやる。気になって聞いた。

「お守りですか」

「そうです。女房の骨です」

「え」

私は絶句した。先立った奥さんの骨の一片を袋に入れて、首から吊るしているのだという。

「心強いお守りですね。きっと奥さんが守ってくださいますよ」

「私もそう思っています」

胸がジーンとした。中さんのピュアな汚れを知らない童心《どうしん》に圧倒された。はるかに若い私のほうが、中原中也《なかはらちゅうや》の詩う〝汚れっちまった悲しみに〟浸っているような気がした。

妻の骨を肌身離さず持ち歩いた人は歴史にも例がある。上田秋成《うえだあきなり》がそうだ。『雨月物語』や『胆大小心録《たんだいしょうしんろく》』などを書いた、江戸後期の国学者であり小説家だ。大坂の豪商、上田家の養子として育てられた。ヒガミ根性が頻《しき》りで『胆大小心録』では本居宣長《もとおりのりなが》のような大物の『古事記《こじき》』研究を、「物乞い」の呼称に変えて皮肉っている。

「食うに困らねえ家で育ちやがって、別にヒガむ理由なんかねえじゃねえか」

江戸の長屋の八公の子孫である私は、秋成の執筆の動機をそうののしったものだ。家産を費消し、妻（上田家の家事使用人だった女性）と京都南禅寺のほとりに住んだ。生涯はじめての安定生活を得た。中さんとはかなり質の違う暮らしだったろうが、夫婦愛に変わりはない。

さて、徳島に着いた私たちは、一夜漬けの踊りを習うために、〃のんき連〃に入れられた。リーダーは郵便局の人で、踊りの途中で「写楽《しゃらく》」の顔を演じてみせる達人だ。ど素人の特訓はさぞかし迷惑だったに違いない。

当日は連（グループ）ではなく、二人だけで大通りに出るのだという。新聞社の人はサディストだと思いながら、とにかく浴衣《ゆかた》姿で出た（というより突き出された）。たった二日ばかりの稽古《けいこ》でうまくいくはずがない。手と足がチグハグになる。

私はそれを何とか整えようと懸命になるから、余計観客の失笑を買う。ところが中さんは違った。

チグハグのまま平然と踊り続ける。その姿はまさに南画に出てくる仙人だ。観客はさぞかし「かわいらしいおじいちゃん」と見たことだろう。ここでも私は〃魂の汚染度〃を痛感した。

そしてこの時、後方から来る連への沿道からの爆発的歓声と拍手を耳にした。振り返ると掲げられた大提灯《ちょうちん》に「寂聴《じゃくちょう》連」と書いてある。瀬戸内寂聴さんの連だ。先頭に墨染《すみぞ》めの衣《ころも》を翻し、身についた自然体で踊る瀬戸内さんの姿が見えた。

「お上手ですね」

立ち止まった中さんが感嘆《かんたん》の声を上げる。

「瀬戸内さんはここの生まれです。ガキのころから踊っているんですから、こっちと比べものになりませんよ」

上田秋成的にヒガんで私は悪態をついた。しかしいまになると懐かしい思い出だ。

中先生、ゆっくりおやすみを。

死者は森の木立に眠る

若いころ、北欧文学に夢中になった時期がある。特にクヌート・ハムスンの『飢え』には取りつかれた。最近の北欧ミステリーの盛況ぶりを見ていると、若いころのめり込んだ感動と現在との間に、断たれることのなかった一筋の水脈を感じる。

好きな作家の一人、ヘニング・マンケルの『霜の降りる前に』(上・下)を読み始めて、早くも上巻で魂がゾクッと喜びの身震いをするのを体感した。その体感を長続きさせるために、普段は自制している「訳者あとがき」を先に読んでしまった。ここでもショッキングな発見があった。

書き出しに「2015年10月5日、ヘニング・マンケルがスウェーデン西海岸のヨーテボリで亡くなった」とある。67歳だった。私より21歳下だ。私はシリーズ第1作である『殺人者の顔』以来、イースタ警察署の刑事ヴァランダーに親近感を持ち、翻訳されるたびに読み続けてきた。お国柄だろうが、〝寒気〟の中で育まれた人間味に、毎作ごとに〝生きるうえでの新発見〟をするからだ。

『霜の降りる前に』は、ヴァランダーと娘のリンダの父娘物語だ。娘が警察官候補生という親子二代にわたる警察官ものだ。

しかしだからといって二人は完全に理解し合っているわけではない。父は他人に「人はすぐ近くにいる人間が本当はどう感じているか、わからないことがよくあるものですよ」と語る。そばにいた娘はすぐ（自分のことだ）と悟る。近くて遠い父娘の仲、〝寒気〟の一つだ。そして実は私はマンケルのこういう寒気が好きなのだ。

上巻で発見した今回のマンケルの人生観は、ヴァランダーが「森は俺の真の墓場だ」と告げ、その墓場に娘を連れていったシーンにある。林立する木の一本一本を指差し、「この木は誰の墓、あの木は誰の墓」と、娘も知っている故人の名を告げる箇所だ。衝撃を受けた。

「生者が記憶するかぎり、死者は死んではいない。生きている」というのは、私がずっと唱《とな》え信じている死者観だ。

この考えで知人の通夜や告別式を欠礼したこともある。行けなかったことや行かなかったことだ。行かなかった時は「言い訳だ」と後ろめたさを覚えた。

というのは、この考え方に私自身、どこか完全ではないという本能的な欠落感を覚えているからだろう。

そのことをマンケルの「森は墓場だ」という考えでハッキリ教えられた。

まさに目からウロコが落ちた思いだ。

記憶などという独り善がりであいまいな存在よりも、立木のほうがその存在を的確に感じられる。触れることもできる。だいいち、木は生きている。幹の中には生命が脈打っている。

何という感覚なんだ！　私は数十年前に、ハムスンの『飢え』で感じたものと同質の衝撃に襲われた。そして、これが北欧独特の〝寒気〟であり、引きずり込まれるゆえんなのだと、怪しい魔力のような吸引力に一驚《いっきょう》するのである。

思わず笑った表現もある。

「母さんはよく、上手に塩でもんでやれば父さんは何でも言うことを聞く人よ、と言ってたな」

人間を塩でもむなんて発想は聞いたことがない。この小説の父娘はもちろん、それぞれ近くにいる人々も決して普通にいう幸福な人間ではない。逆だろう。

社会もそうだ。作中人物が警察官を嫌がりながらも「でも警察官がいなかったら、この国はいったいどうなるんだ」と疑うような現実らしい、時に「日本はいまの世界で理想郷ではないのか」とさえ思う私のような甘ちゃんには、マンケルたちの醸《かも》し出す〝寒気〟がやがては私たちにも現実化するのかと、怖くなる。

第三の道を選ぶ人

伊藤桂一さんが亡くなった。50年余、私が兄事してきた作家だ。作家というより人間として接してきた。

しかし含羞《がんしゅう》癖の強い私は、会ってもその都度それほど長く接したわけではない。駅のホームとか路上とか、たまたま出会った場所での立ち話が多い。しかし私にとっては胸の一角に確たる場を占める、欠くことのできない存在なのだ。

このごろ多い「身内だけで済ませた」という、葬儀の新聞報道を読んだ。私は伊藤さんを〝桂さん〟と呼んでいた。出会いはある小説活動の集まりだった。

1953（昭和28）年にNHKがテレビ本放送を開始し、数年遅れて民放が追う時代だった。『講談倶楽部』という大衆小説の雑誌があって、毎年「賞と佳作《かさく》」を設けて小説を募集していた。文壇《ぶんだん》に知己《ちき》のない私はよくこれに応募した。賞には入らなかったが必ず佳作には入った。自分で（俺は佳作作家だな）と思った。

その雑誌の編集者の一人が、「賞と佳作の入選者で小説の研究会を作ろう」と提案した。私も参加した。ここで初めて桂さんに会った。

初会で桂さんをまとめ役に選出した。帰途、桂さんは歩きながら私に言った。

「きみ、時代小説を書くのなら、よく知られている人物のよく知られていることを書いてもダメだよ。反対に全然知られていない人物の、全然知られていないことを書くのもダメ。いいのはよく知られている人物の、全然知られていないことを書くこと」

その言葉には後輩への温かい愛情があふれていた。

桂さんは戦場小説で有名だった。直木賞受賞作も確か中国での戦場体験だった。よくドジな輜重《しちょう》兵《へい》ぶりの話をして皆を笑わせた。

会ではナマ原稿を持ち込んで書き手が朗読《ろうどく》し、その後皆でたたき合うという方法で磨《みが》き合った。しかしある時、桂さんがクレームを付けた。

った。

「ナマる人がいる。名作が愚作《ぐさく》に聞こえる」

そこで東京生まれの私が一手に朗読を引き受けた。ところがまた桂さんが文句を言った。

「やめよう。童門君が読むとどんな愚作も名作に聞こえる」

そこでおカネを出し合い機関誌を出すことになった。桂さんが『小説会議』と命名した。振り返ってみると、これは桂さん流の小説運動だった気がする。というのは、テレビ放送の出現で、大衆小説の世界にも大きな変動が起きていた。端的に言えば、従来の『○○倶楽部』というメディアに寄稿していた作家が一掃され、替わって新しい書き手が登場したことだ。

新しい書き手というのは、テレビの脚本家たちだ。いずれもストーリーテラーであり、絶妙な会話の生み手だ。その新鮮さは、従来の〝のような〟的表現で過ごしてきた私たちの、あいまいな記述の比ではない。私たちはこのつむじ風に圧倒されながら、ホされた。

文壇事情に詳しく、人間関係も広く深い桂さんは、こういう状況になる前から、このような時代が来ることを十分知っていたに違いない。機関誌の発行は、新しい状況に対するソフトな対抗、会員に対する新状況への対応技術の練磨、などを目的にしたものだったのだろう。

当時は若気の至りでそんなことにまったく気づかなかった。やがて私は会を抜け個人誌を出した。しかし桂さんには変わらず指南《しなん》を受けた。

桂さんは〝Cの人〟だ。AorBという選択はしない。決め付けない。AもBも含む第三の道を創出する。幕末の「薩長連合」を発想した坂本龍馬の如《ごと》くにだ。

しかし龍馬のように熱く声を荒らげない。わめかない。ボソボソと独り言のようにつぶやく。そのつぶやきの意味は重く深い。また私にとって「たとえ死んでもこっちが覚えているかぎり、その人は生きている」存在が一人増えた。

フォロー・ミー

私は自身の首から上の像を持っている。若い彫刻家から資金援助を頼まれて、それではといって作ってもらったものだ。玄関の脇に坂本龍馬の像と並べて置いてある。一日の仕事が終わって、近くの飲み屋街に出掛ける時に「おい、一日終わったな」と、ポンと頭をたたく。習慣になっている。

この間ふっと思った。

「俺の葬式の時に、この像を葬儀場の入り口に置いてみようかな」

置いてどうするのか。会葬者一人ひとりに頭をたたかせるのだ。長い人生だからすべて〝無事大過《ぶじたいか》なく〟過ごせたわけではない。いまの世の中で〝無事大過なく〟過ごせたなんて人間は、振り返ってみて結局〝何もしなかった〟ということだ。何かすれば必ず相手を傷付ける。傷付けられる。私もそうだ。

思い出すだけで、ああ悪かったと思う相手がたくさんいる。おそらく夜ごと私の写真に「このヤローめ」と、千枚通しを突き立てているに違いない。そういう連中に最後のウップン晴らしをさせてあげようという企《くわだ》てだ。

この発想は気に入った。しかし、ただ入り口に置いただけでは目的がわからない。斎場《さいじょう》の正面に飾る写真の代わりかと思われる。そこで説明を自分の声でテープに吹き込んだ。前奏にジョン・バリーの「フォロー・ミー（従《つ》いておいで）」を使った。その後で次のように語る。

「お忙しい中を私のためにわざわざありがとうございます。生前は不調《ぶちょうほう》法のために、いろいろご迷惑をおかけしたと思います。入り口に像を置いてありますので、思い切りブン殴って憂《う》さをお晴らしください。1回だけでおさまらない方は、帰りにもう一度どうぞ。でもねえ、あなたも早くいらっしゃいよ。お待ちしております」

そして再び「フォロー・ミー」の曲を流す。この曲の意味を知っている人には理解してもらえるだろう。「ふざけすぎじゃねえかな」と、まだ本当にやるかやらないかはためらっている。

私の年齢になって〝死〟を考えない人はいないだろう。私もそうだ。日々どころではなく、四六時中考えている。これだけは例外が認められないからだ。

ただ私には、死に対する一つの楽観論がある。若いころ、柔道を習っていた。寝技に「押さえ込み」というのがある。相手の首を絞める技だ。絞められて苦しくなると床をパンパンと2、3度たたく。「参った」という合図だ。この合図で相手は手を緩めて解放してくれる。勝負はこっちの負けだ。

負けたくないので床をたたかずに我慢したことがある。気が遠くなり意識が薄れた。それは何とも言えない甘美《かんび》な思いで、深い穴に誘われる感覚だった。その時「死ぬってえのはこういうことかな」と思ったことがある。

レイモンド・チャンドラーのミステリー小説に『大いなる眠り（The Big Sleep）』というのがある。〝大いなる眠り〟とは、〝二度と目覚めない眠り〟の意味で〝死〟のことだ。

わが愛するチャンドラーさんは、私立探偵フィリップ・マーロウの独白を通して「死とは二度と目覚めぬ眠りだ」と教えてくれた。これが柔道の首を絞められた経験と重なって、「マーロウさんよ、うめえ（うまい）ことを言うなあ」ということになるのだ。

マーロウはもっとうめえことを言っている。

「男は強くなければ生きられない。男は優しくなければ生きる資格がない」

いろいろ生き方を指南してくださった故・平岩外四《ひらいわがいし》さんが愛していた言葉だ。平岩さんは短軀《たんく》だったが、1000人の中にいてもすぐわかるようなオーラの発信者だった。このところよく思い出す。

胸像の出番はあるか？

「喪中《もちゅう》につき年頭のごあいさつは失礼させていただきます」というはがきがたくさん来る。恐縮する。というのは私はかなり前から喪中でもないのに、年頭のごあいさつ(たとえば年賀状)は勝手に失礼させていただいているからだ。

年賀状を下さった方でどうしても義理を欠く、と思う方には近刊の本にサインしてお送りしている。

私は、朝の新聞をまず訃報から見るのだが、最近特に目に残る一文がある。それは「葬儀(密葬)は親族で済ませた」という追而書《おってがき》が多くなったことだ。中には「お別れの会は別に行います」という付言《ふげん》のあるケースもある。

逝《い》った人の送り方が変わってきたことは事実だ。お通夜と告別式のあり方が再考されている。

新聞に載る人はいうところの有名人だろうから、そういう層から「親族で済ませました」という告知は、いろいろなことを考えさせる。この告知は「故人のお通夜も告別式も行いません」ということの告知でもある。個人的な弔問《ちょうもん》を拒むわけではなかろうが、とにかく公のセレモニーは行わない、ということである。

この種のセレモニーは、「死者にかかわりなく生者の行事だ」と言われてきた。どんなに盛大に行おうと粗末に行おうと、死者のあずかり知らぬことだ。

だからこの省略は〝多くの方々にご迷惑をかけない〟という意味では非常に画期的な、思い切った勇断だと思う。

が一方、他人のお通夜や告別式で出会って「こういう場所でしかお目にかかれませんね」と、旧交を温める高齢者もいる。つまり〝再会の広場〟なのだ。故人をしのびながらおそらく心の中では、（まだお迎えが来なくてよかった）と自身の幸運を喜び合っている、という例もなくはないだろう。

それに最近はセレモニーを行っても、必ずしも心のこもったものではない、という〝非情な葬式〟の例を聞いた。

・斎場は公民館を借りる。
・通知した時間より2時間前から始める（参列者を少なくするため）。
・読経のお坊さんは招かない。お経は吹き込まれたCDを活用する。
・故人の骨は下駄箱《げたばこ》式の箱の一つに収納する。

というものだ。何のための葬式なのか。しかし参列した人（1時間早く行ったのでかろうじて焼香には参入できた）は、「主催者は大まじめでしたよ」と話した。背筋がゾッとするような話だ。

私は自分の胸像を若手の彫刻家に造ってもらっている。葬式の時は会場にこれを据えて、「生前は不調法のために、いろいろご迷惑をおかけしたと思います。入口に像を置いてありますので、思い切りブン殴って憂さをお晴らしください」と頼むつもりだからだ。会場に流す声のテープも用意してある。この話は先に書いた。

しかし〝非情な葬式〟の話を聞いたら、何だかむなしくなってきた。

「どこまでおめえ（おまえ）は甘い夢を見てるンだ」

虚空《こくう》から誰かの声が聞こえてくる。

「猫と象は死期を知るとどこかへ身を隠してしまう」という話を聞いたことがある。いまもそうなのかどうか確かめたことはない。昔飼っていた猫は私の手の中で死んだ。遺体は住んでいた家の庭に埋めた。家を買ってくれた人には話していない。

いま飼っている猫にはそんな気配はまったく感じられない。家族が全員いなくなっても、自分だけは一人住み続ける不敵さがある。猫に庭に埋めてもらおうかなとさえ思うくらいだ。

結局は「親族で済ませた」というのが、いまの世の中ではいちばん賢い方法なのかもしれない。

ポケットの中の金庫番

ロクな財産もないので遺言など書く気はまったくないが、家人に折に触れ告げていることがある。

「俺の死後、カネを貸しているので返してほしい、と言う人があったら絶対に応ずるな。これは飲み屋の勘定《かんじょう》も同じだ」

私は若い時からカネの貸し借りはしたことがない。飲み屋でツケを残したこともない。どんなに親しい友人でもカネの貸し借りは避けてきた。

往年のフランス映画『我等の仲間』（ジュリアン・デュヴィヴィエ監督）が、そのことをテーマにしているが、カネ（さらに女）が絡《から》むと鉄石のような友情も結局は割れ、お互いに身の不始末《ふしまつ》に至る。だから人にカネを貸す時は「あげたことにする」と思ってきた。

飲み屋についても必ず〝その日決済〟を守っている。昔からそうだ。なぜこうなったのかは自分でもわからない。

ただ「いつ死ぬかわからない」という思いが若いころからあり、「その時は1円の借金も残したくない」という、妙な潔癖《けっぺき》感があることは確かだ。旅が多いから旅先で思わぬ災禍《さいか》に出合うこともあるだろう。

そんな時に備えて私は当座の処理費用（赤の他人に頼むので）をいつも内ポケットに入れてある。封筒にそのことを書き、「足りない時は眼鏡の縁、あるいは入れ歯を売って補ってください」と追而書を添えてある。眼鏡の縁も入れ歯もそれなりに高価にしているのは、そのためだ。

親しい友人に酒を飲みながらその話をしたら、バカだなと笑われた。「眼鏡の縁はともかく、入れ歯はそんな役には立たない」と否定された。

ところで現在の私が毎日の暮らしで大切にしている小さな紙片がある。ＡＴＭ（現金自動出入機）の利用明細票だ。銀行の自動販売機みたいな機械から出てくる、残高記載のあの紙片である。

なぜ見てすぐ収容箱に捨ててしまわないのかと言えば、この紙片が実は私への〝生き方〟のフィードバック装置になっているからだ。

要《かなめ》になるのは残高である。私が持っているのは家計費外のもので、仕事上の交際費と小遣いを支出する。私は残高に下限（上限？）を設けている。その額に達したらそれ以上下ろさない。そのため不義理をする場合もある。埋め合わせは後の機会にする。打ち合わせも昼間にしてもらう。限度額に達したらもう引き出さない。しかし心は引き出したがっている。それを阻止するのが利用明細票なのだ。

上着のポケットに通帳と仕事場の鍵を一緒に入れてある。私は夏でも必ず上着を着る。犬と同じで発汗は呼吸でするから暑くても汗はかかない。それに外出の時に袋やかばんを持つのが嫌いだ。上着は必需品（それもミニマム）を携行する袋かかばんの代わりなのだ。

癖があっていつもポケットに手を入れる。必ず折り畳んだ明細票に触れる。明細票が語りかけてくる。

「2、3日我慢して、今日は下ろすんじゃないよ」

この語りかけには説得力がある。それに私自身アバウトな性格だから、仕事の成果(振り込み)が、いつどこの出版社かなどと考えることはまったくない。

だから2、3日終わって恐る恐る少額(限度額をあまり減らさない程度)引き出してみる。残高が数日前と変わっていない時はガッカリする。逆に思わぬ額になっていた時は、たちまち加山雄三《かやまゆうぞう》さんになる。

「ボカァ(僕は)幸せだなあ」

あらためて本腰を入れ、残高が限度額になるまで引き出す。そしてまたいつおまけが入るかわからない無計画経済の暮らしに入る。利用明細票は次の利用の時に銀行所定の箱に返す。ポケットには新しい明細票が納まっている。

二匹のメダカ

死ぬまでにやっておきたいことが一つある。目下休刊中の同人雑誌をぜひ再刊したいということだ。同人誌は『さ・え・ら』（フランス語の〝あちらこちら〟転じて一品料理。アラカルトの意）という。私が名付けた。同人は二人。私と生田直近《いくたなおちか》だ。誌名を決めた時、生田は「スカして（気取って）やがら」と悪態をついた。だからといって反対なのではない。「いい誌名だ」と喜び「さすがダンナだ」と褒《ほ》めた。2歳年下の彼は私をそう呼び、私は彼を「チカさん」と名で呼ぶ。

生田とは、小説雑誌の懸賞《けんしょう》応募で知り合った。昔はこの方法でしか世に出る方法はなかった。いきおい応募の常連ができ、会ったことはないが一次予選の結果発表のたびに「またアイツがいる」と互いに「おぬしやるな」と一種の親愛感を持ったものである。世に出る前の同類意識のようなものだ。

生田は一人で5種くらいのペンネームを使っていた。頭《あたま》隠して尻《しり》隠さずで、住所がすべて北海道になっているから私にはすぐ見当がついた。

私も生田も次席や佳作にはなったが、絶対に入選はしなかった。私の経験では本当の実力（その後も書けるかどうか）は、入選者よりもこういう層にあるような気がする。

生田の家は帯広の近くで小豆《あずき》を作っていたが、冷害にひどくやられて生活に苦しんだ。生田は近くのペケレベツの郵便局でアルバイトを始めた。すぐ辞めて槐《えんじゅ》の木に裸で抱きついた。この木は樹液に毒が含まれているので「裸で抱きついていれば毒が回って夢のように死ねると思ったんだ」と言っていた。

しかし死ねずに東京に出てきた彼は、まず私を訪ねてきた。「かねて会いたいと思っていた」と言う。懐かしさの表明だけで生活の世話をしろなどとは一言も言わない。このへんは志を持つ者の道義なのだ。

生田はある脚本家の内弟子となり、生活の基礎を固めた。小説への情熱を失わずに、ヒマを盗んでは私と議論した。私の言うことにはすぐ屈した。しきりに「カルマ」を連発した。

「カルマって何だ?」

「業《ごう》だ」

「業って何だ?」

「俺だ」

ワケがわからない。

やがて二人ともある大きな同人誌に入った。会誌を出していたが会員の数が多いので、掲載の番がなかなか回ってこない。それに会内の足の引っ張り合いや嫉妬《しっと》心《しん》などの存在に気がついて、気分が重くなった。

たまたま女流作家の平林《ひらばやし》たい子さんがこう言った。

「とかくメダカは群れたがる」

そこで私は生田にこう言った。

「メダカはやめよう、群れるにしてもおまえと二人だ」

生田も同じことを考えていた。二人だけで同人誌を出すことにした。それが『さ・え・ら』である。

カネがないから印刷と製本は刑務所に頼んだ。受刑者の社会復帰に向けて、所内で印刷技術を教えていることを聞いたからだ。

「ポルノじゃないでしょうね」

刑務官が原稿をめくりながら聞いた。

「違います。ポルノは嫌いです」

私はそう応ずる。練馬や横浜の刑務所をずいぶん訪ね、お世話になった。市価の半分以下で印刷製本をしてくれる。

が、定期刊行物ではないから郵送料は高い。生田のカルマものは長く、200枚、300枚になる。しかし費用は清く折半。これは守った。

飲み食いを含めお互いの間にカネの貸し借りはいっさいなし。友情が壊れるのはまずカネの問題なのを貧しさの底をはいずり回った二人はよく知っている。

同人誌は30号ほど続いた。

生田はずいぶん前に死んだ。いつ死んだか忘れた。

私は彼が死んだとは思っていないからだ。

とにかく彼のために、そして私のためにもう一度『さ・え・ら』を出して死にたい。

＊本書は、『週刊東洋経済』（２０１４年２月22日号から２０１７年11月４日号）の人気連載「生涯現役の人生学」から、年をとるほどに人生が楽しくなる生き方のヒントになるものを選んで加筆修正、再構成したものです。

【著者紹介】
童門冬二（どうもん　ふゆじ）
90歳になってもなお、「生涯現役、一生勉強」をモットーに作品を書き続けるとともに、歴史に見る経営術やリーダーシップなどをテーマにした講演活動も精力的に行い人気を博している歴史小説家。1927年東京生まれ。東海大学附属旧制中学卒業。海軍の予科練（少年飛行兵）入隊、特攻に編入されたがそのまま敗戦。目黒区役所係員から、東京都立大学事務長、東京都広報室課長、広報室長、企画調整局長、政策室長を歴任。1979年、51歳の時に美濃部都知事の引退とともに都庁を去り、作家生活に専念。在職中に培った人間管理と組織の実学を、歴史と重ね合わせ、小説、ノンフィクションの世界に新境地を拓く。『暗い川が手を叩く』で第43回芥川賞候補。日本文藝家協会ならびに日本推理作家協会会員。1999年、春の叙勲で勲三等瑞宝章を受章。

90歳を生きること
生涯現役の人生学

2018年11月1日発行

著　者――童門冬二
発行者――駒橋憲一
発行所――東洋経済新報社
〒103-8345　東京都中央区日本橋本石町1-2-1
電話＝東洋経済コールセンター　03(5605)7021
https://toyokeizai.net/

装　丁………石間淳
DTP………望月義（ZERO）
装　画………正一
制作協力……パプリカ商店
印刷・製本…廣済堂
編集担当……水野一誠
　ISBN 978-4-492-04632-6